Plan de estudios
y otros relatos

XVII Certamen Internacional
de Relato Breve sobre Vida Universitaria
"Universidad de Córdoba"

Plan de estudios
y otros relatos

XVII Certamen Internacional
de Relato Breve sobre Vida Universitaria
"Universidad de Córdoba"

UCOPress

Editorial Universidad de Córdoba

Plan de estudios y otros relatos.
XVII Certamen Internacional de Relato Breve sobre Vida Universitaria.
Córdoba: UCOPress. Editorial Universidad de Córdoba, 2024
    12 x 19 cm, 132 pp.
    THEMA: FX

Esta edición ha sido cofinanciada
por la Biblioteca Universitaria de la Universidad de Córdoba

I.S.B.N.: 978-84-9927-822-3
e.I.S.B.N.: 978-84-9927-823-0
D.L.: CO 1322-2024

Impresión: Avicam Ediciones

Impreso en papel ecológico

ÍNDICE

Prólogo

La biblioteca o Jano poli-fronte

Escribía en su introducción Jorge Carrión lo siguiente acerca de la temática que trataba su clarividente *Librerías* (Anagrama, 2013):

> Sobre los libros como objetos, como cosas, sobre las librerías como restos arqueológicos o traperías o archivos que se resisten a revelarnos el conocimiento que poseen, que se niegan por su propia naturaleza a ocupar el lugar en la historia de la cultura que les corresponde, sobre su condición a menudo contra-espacial, opuesta a una gestión política del espacio en términos nacionales o estatales, sobre la importancia de la herencia, sobre la erosión del pasado, sobre la memoria y los libros, sobre el patrimonio inmaterial y su concreción en materiales que tienden a descomponerse, sobre la Librería y la Biblioteca como Jano Bifronte o almas gemelas.

Ese último concepto es quizá el que mejor explica el origen, naturaleza y finalidad del volumen que tiene el lector en sus manos.

Las librerías y bibliotecas actuales, más que como almas gemelas —que lo son—, tienden a convertirse en 'Janos bifrontes' o, mejor aún, 'poli-frontes', espoleadas a habituarse a no ser un simple almacén de libros de los que el usuario pueda extraer un conocimiento puntual y práctico. De ningún modo, la biblioteca y, especialmente, la de una universidad pública está llamada a convertirse en un actor más de las herramientas educativas; a servir de refugio para el estudiante antes, mientras y después de los exámenes; a dar respuesta a los investigadores sobre cuantas necesidades tengan; a servir de lugar de reflexión y, muy especialmente, a ser un dinamizador cultural que inspire el cada vez más imprescindible y escaso espíritu crítico.

Todo esto y mucho más es la labor que intenta desarrollar la Biblioteca de la Universidad de Córdoba gracias a un buen número de bibliotecarias y bibliotecarios comprometidos con el valor añadido que tiene que aportar esta institución. Para cumplirlo despliega un ambicioso plan que en este año ha tomado forma en presentaciones de libros, encuentros con autores, clubs de lectura, los programas escritores-UCO y libros con alas, exposiciones de donaciones y de fondos propios, conciertos y la joya de la corona del programa *Abril en la Biblioteca*, el Certamen de Relato Breve sobre Vida Universitaria, cuyos frutos aquí presentamos.

Damos cuenta, con todo, de que la función de ese Jano poli-fronte que queremos que sea la Biblioteca Universitaria de Córdoba se ha materializado y continuará ejerciendo en los años venideros. A los compañeros y compañeras que lo han hecho posible, al jurado del premio y a UCOPress mostramos nuestro más sincero agradecimiento.

En efecto, gracias a su compromiso, el XVII Certamen Internacional de Relato Breve sobre Vida Universitaria "Universidad de Córdoba" ha rebasado con creces el nivel de participación de ediciones anteriores, recibiéndose un total de 348 relatos —230 de la modalidad senior y 118 de la junior—. Como viene siendo habitual, la mayor participación ha correspondido a España, aunque, al tiempo, se han recibido contribuciones de numerosos países europeos (Estonia, Francia, Polonia, Reino Unido, Rumanía, Suiza) y americanos (Argentina, Bolivia, Brasil, Canadá, Chile, Colombia, Costa Rica, Cuba, Ecuador, Estados Unidos, México, Paraguay, Perú, Uruguay y Venezuela).

Entre todos los recibidos, el jurado falló que el primer premio en la categoría senior fuera para Esteban Torres Sagra (Aldeahermosa de Montizón, Jaén), quien, bajo el pseudónimo de Mar y Ano escribió "Plan de estudios". En su relato, el autor juega con los lectores mediante su protagonista desde el propio título y estructura del cuento. El héroe va relatando sus progresos universitarios, aventuras y desventuras vitales enmarcadas en lo que se podría denominar un diario efímero. Incluye también a personajes secundarios, cuyas circunstancias cambiantes representan una alegoría de aceptación y adaptación a las transformaciones que está experimentando la sociedad en estos tiempos. Divertido, optimista, lleno de ritmo y un poco gamberro ofrece una moraleja de manera hermosa y precisa, la que le cantaba Lennon a su hijo cuando era pequeño: *life is what happens to you, while you're busy making other plans.*

A su vez, Nanalia —Juanma Velasco Centelles (Benicàssim, Castellón)— alcanzó el accésit de la categoría con "De salivas y fraudes". Un relato en el que el protagonista, Kiko Antúnez, retrata con maestría cómo es el ambiente de los certámenes literarios universitarios.

En la categoría junior, Tatiana Ostafi, de Sueca (Valencia), bajo el pseudónimo de Hikari, presentó el relato breve "Dos días de examen" para alcanzar el primer premio. Ostafi compone un escenario universitario acostumbrado, el desarrollo de un largo y estresante examen final de dibujo de estatuas clásicas, para recrear la lucha del estudiante contra el suspenso y, lo que es más interesante, su causa. Ante la atónita mirada del protagonista Marcelo sucede lo imposible: bajo la batuta de un juguetón profesor Sierra, el mito del chipriota Pigmalión y Galatea inmortalizado por Ovidio, el baile de Lumière con la señora Potts en la Bella y la bestia o Woody acompañado de Buzz Lightyear subyacen en esta aula de Bellas Artes. Un poco de todos estos motivos se entremezclan en un cuento breve lleno de frescura, a fin de recrear con leyenda y

12

humor el miedo ante la terrible dicotomía del aprobado o el suspenso.

Por su parte, Txomin Requeta Jerez, de Villanueva
del Pardillo (Madrid), se alzó con el accésit de la categoría con su "Caer de pie", un relato cuya ironía y humor negro hará reír a quien lo lea. Tampoco le falta una
buena parte de crítica a la política universitaria sobre
cómo se solucionan los problemas.

Pero no son estas las únicas joyas del volumen. El
resto de capítulos avanzan como un poliedro de la vida
universitaria. En la categoría senior, Joel Albarrán Bugié con "El error de mi vida" rememora un curso de
literatura de 1998 para hilar algunos de los textos que,
con seguridad, marcaron su vida; "Historia de una orla"
de Gloria Fernández Sánchez, por su parte, rescata el
momento definitivo de la carrera universitaria cuando
se hacen las fotos de todos los estudiantes y profesores
que perdurarán en el recuerdo; "Sb203" de Bernardo
Romero Muñoz recrea la figura de Óxido de Antimonio, uno de esos personajes que también han pululado
y pululan por las aulas; Sara Arnez Cuentas describe,
en su "Primer año: Anatomía I", una clase de disección
en un anfiteatro a través de una protagonista que es
todo corazón; Francisco Pi Martinez pone su mirada
en una Facultad Politécnica y en el redescubrimiento
de lo vivido en "Es mejor el camino que la meta"; "El
pensamiento de dios", firmado por Juan de Molina, si-
túa la acción en Oxford, entre clases de física y remo en
busca del sentido de la vida; María Concepción Jimeno

Barrera recrea en "Adelina y el genio" la figura de una profesora gris de la Facultad de Filosofía hasta que descubre a un curioso aliado en su móvil; finalmente, "Sobre el tiempo de estudio" de Adriel García del Pino no cambia de facultad, sino que pone su atención en un día en el Grado de Traducción e Interpretación.

La categoría junior también rebosa imaginación. "Sólo un pájaro" de Elena Sirvent Cazorla muestra una enorme delicadeza para enseñar lo que realmente es la universidad, aunque a través de los ojos de un estudiante sin matrícula; "Próximamente" de Daniela Estrada Lázaro usa el estilo de diario para imaginar cómo podría ser el curso académico del año 2024; Pedro Ramos Romero, con "Sobresaliente", también recompone un año académico con sus luces y sus sombras; Rodrigo Carrasco Torresano en "El peso de las palabras", a su vez, llama la atención sobre un problema que cada vez requiere más atención, como es el acoso y su consecuencia en la vida de los estudiantes; "Esto no es un discurso de graduación" de Lucía Oca Vázquez describe el avance de una estudiante desde el instituto hasta el final de la carrera universitaria, para saber escoger lo que realmente importa; en "El día que me salté una clase", María de los Ángeles Contreras Ruiz hace un dibujo excelente del ambiente en la Facultad de Filosofía y Letras de nuestra Universidad y describe un encuentro con uno de sus más conocidos inquilinos; Fiona Sarola Lozano en "Lo que no sabía a los diecisiete" usa un lenguaje poético para expresar sus sensaciones como universitaria; y Aluenda Smeeton cierra el volumen con "La ciencia de la lógica", un relato que, de nuevo, describe el sentir más íntimo de una universitaria.

A todos los autores y autoras del volumen muchas gracias por ayudar a este Jano poli-fronte, dispuesto a hacer que la vida universitaria sea mucho más que un relato breve.

El Jurado del *XVII Certamen Internacional de Relato Breve sobre Vida Universitaria «Universidad de Córdoba»* ha estado integrado por los siguientes miembros de la Comisión de Biblioteca y de la comunidad universitaria:

Presidencia: Israel Muñoz Gallarte, Vicerrector de Estudiantes y Cultura de la Universidad de Córdoba.

Secretaría: Esperanza Jiménez Tirado, Coordinadora del Club de Lectura de la Universidad de Córdoba.

Miembros:

- M.ª Paz Aguilar Caballos, Profesora Titular de Química Analítica.
- José J. Albert Márquez, Profesor Contratado Doctor de Filosofía del Derecho.
- Soledad Gómez Navarro, Catedrática de Historia Moderna.
- Cristina M. Beltrán Aroca, Profesora Ayudante Doctor de Medicina Legal y Forense
- M.ª del Carmen Liñán Maza, Directora de la Biblioteca Universitaria.

- Pilar Montesinos Barrios, Catedrática de Ingeniería Hidráulica.
- Antonio Sarsa Rubio, Catedrático de Física Atómica, Molecular y Nuclear.

Israel Muñoz Gallarte
*Vicerrector de Estudiantes y Cultura
de la Universidad de Córdoba*

Categoría sénior

Plan de estudios

ESTEBAN TORRES SAGRA
Primer premio

PRIMER AÑO

Estudiar. Estudiar. Estudiar. Estudiar. Estudiar. Estudiar. Juerga salvaje.

Mi actividad semanal en el primer curso en la Escuela de Ingeniería Informática.

Suspenso, suspenso, suspenso, suspenso y aprobado, mi balance en el primero, lo mismo en el segundo cuatrimestre. Las Matemáticas no tienen ni un solo número. La Electrónica me recuerda el juego del comecocos. El dilema era en qué matricularme la segunda temporada de esta serie que podría titularse "Viaje a ninguna parte" o "La manzana mordida cuando acabe estará podrida". Papá dice que en las ocho decepciones y que me lo tome más en serio. Mamá que coja la mitad de las asignaturas de segundo y dos de cada cuatrimestre de primero. Y que lo afronte con más calma, que disfrutar de la vida es lo fundamental con diecinueve años. Mi hermano mayor me aconseja que me eche novia y que me tome un año sabático: así empezó él y ya lleva en un burguer treinta y cuatro meses. Mi novia dice que no es mi novia, pero que por qué razón mi hermano no sabe todavía que tengo novia.

SEGUNDO AÑO

Estudiar. Estudiar. Estudiar. Juerga salvaje. Estudiar. Estudiar. Juerga salvaje.

Se nota que he madurado en la secuencia. La que manda en casa es mi madre, así que. He aprobado las dos que arrastraba del primer cuatrimestre de primero y dos de las nuevas. Una con un ocho y la otra con un cinco. Deambulo por las plantas de la Escuela y muchas veces me equivoco de aula y me meto en la que no es. Siempre llego tarde o cuasi tarde. Mi novia me dejó por uno de Medicina que no tiene cara de médico. Mi madre enciende velas diariamente a una estampa con la imagen de la Virgen de los Desamparados y ha bordado un cojín con el nombre de cada materia sobre el que se sienta coincidiendo con mi horario y lo empolla como una gallina. A lo mejor por eso voy progresando. Mi padre ahora me pregunta que si me gustan las mujeres, o los hombres, o viceversa, que él me querrá igual sin importarle mi inclinación erótica. No sé qué quiere decir con carne o pescado. Mi hermano ha dejado la hamburguesería, bueno, creo que lo han echado por eructoso. Como pueden beber toda la cola que quiera, luego no puede contener el meteorismo y queda de mal gusto delante de los clientes. Dice que se va a venir a mi piso de estudiantes a vivir la vida padre con el paro. El otro día me enteré que mi ex lo ha dejado con el médico y se ha liado con un veterinario al que solo le falta el TFG para obtener el título. Este tiene más cara de médico que el otro.

El balance final ha sido mejor de lo que me esperaba. Ya solo me quedan cinco cuatrimestrales de primero y cuatro de segundo como rémora.

TERCER AÑO

Estudiar. Estudiar. Juerga salvaje. Juerga salvaje. Estudiar. Estudiar. Juerga salvaje.

Se va equilibrando el yin y el yang. Pierdo pelo a pasos de gigante y el que me queda se va entregando al imperio de la cana. Duermo tres o cuatro horas al día y bebo café sin azúcar inmoderadamente. He decidido dedicar el curso a recuperar los arrastres que llevo y solo me he matriculado en una de tercero. Mi ex ya no es mi ex. Se ha cansado del veterinario porque huele a porcino por un contrato de prácticas en una granja de ídem. En una juerga salvaje se me acercó y me pidió mil perdones, creo, porque no la escuchaba demasiado bien entre la música y el señor pedal que lucía. Me dijo que era el hombre de su vida y que quería volver conmigo. Lo que pasa es que yo acababa de enrollarme con una de Filología Hispánica y le hice un análisis sintáctico de la situación. Acabamos en una oración transitiva, vamos lo que se viene llamando un trío. Por eso ya no sé si es mi ex o vuelve a ser la coprotagonista de la serie. Mi madre no encuentra sofá para tantos cojines y compra las velas en cajas de cincuenta. La estampa de la Virgen de los Desamparados salió ardiendo en un descuido y la ha sustituido por una de la Macarena, que le han dicho que es más milagrosa y más ignífuga. Mi padre ha entrado en ERTE por culpa de la Inteligencia Artificial al parecer, que hace su trabajo y no tiene horas como liberada sindical. Desde entonces me ha tomado inquina porque dice que estoy con el enemigo y me llama menos incluso que antes, que es casi como decir "menos infinito". Mi hermano se pasa el día en el sofá viendo mil veces los combates de Topuria y ha puesto una foto de Ibai Llanos en el cabecero de su cama.

CUARTO AÑO

Estudiar. Juerga salvaje. Juerga salvaje. Estudiar. Estudiar. Estudiar. Juerga salvaje.

Igual que el año pasado pero con un toque de modernidad. Soy el Guardiola de las estrategias para aprovechar el tiempo. Sigo con el trío. Nos va bien, pero cada vez cuentan conmigo menos. Aunque parezca mentira solo arrastro una de segundo y estoy sacando adelante todas las de tercero. Compro el café en un chino y mi madre las velas por Amazon. Mi padre ha descubierto Netflix y ha perdido el interés por la Champion. Mamá se ha apuntado a un taller de microrrelatos. También ha quemado a la Macarena y ahora ha fichado a María Auxiliadora. Mi hermano se ha hecho *influencer* y se ha puesto por nombre "Mar y ano". Dice que fue una suerte que nuestros padres fueran tan convencionales y que mi abuelo se llamase Mariano. Ya tiene cuatrocientos setenta y dos seguidores y va en aumento.

QUINTO AÑO

Estudiar. Juerga salvaje. Juerga salvaje. Juerga salvaje. Estudiar. Juerga salvaje. Estudiar.

Reconozco que esta pauta la escribí en la tercera juerga salvaje consecutiva. A lo mejor se me ha ido un poco de las manos, pero la euforia de aprobarlas todas ha provocado un desbordamiento de adrenalina en mis entresijos. Tengo dos ex y formo parte de un trío con un solo componente: yo. Mi hermano ha llegado -hay cosas que no tienen explicación racional- a los cinco millones y medio de seguidores, convirtiendo "Mar y ano" en referencia mundial de los eructos. Hasta versiona conciertos con canciones de moda con el ruido gutural y lo patrocina una famosa marca muy generosamente. De gorronearme los espaguetis ha pasado a costear el piso por completo. Mamá, tras su quinta estampa incendiada y el encarecimiento de la cera —quizás por su culpa— ha optado por la imagen virtual de una llama en una *tablet*. Ha ganado dos concursos de microrrelatos y ha enseñado a mi padre a cocinar albóndigas. Luego las congela y nos las manda. Ha empezado como *tiktoker* y se le ve en su salsa. Creo que entre este año y el que viene terminaré la carrera.

No tengo más ganas de escribir, por eso solo detallo mi estrategia para el curso que viene.

SEXTO AÑO

Juerga salvaje. Juerga salvaje. Juerga salvaje. Estudiar. Juerga salvaje…

Volver al trío.

De salivas y fraudes

Juanma Velasco Centelles
Accésit

> *Yo que siempre trabajo y me desvelo*
> *por parecer que tengo de poeta*
> *la gracia que no quiso darme el cielo...*

Estos tres versos cervantinos le sobrevenían a Kiko Antúnez cada vez que intentaba componer poesía. Con recurrencia de sonsonete que le emergía de la jurisdicción brumosa de los traumas retroalimentados. Pese a haber leído poesía a lo ancho y a lo íntimo, a los grandes y a los chicos, a los insignes y a los orillados, a los anónimos y a algún conocido, su habilidad para traspasar sus ideas a palabras con ritmo y un orden más o menos métrico adolecía de la enjundia suficiente siquiera para ser considerada digna. Lo único que aliviaba su infertilidad lírica era su capacidad para percibirla.

No hubiera constituido la limitación —endógena en la práctica totalidad del padrón— mayor contratiempo personal si no se ocupara desde septiembre de impartir la asignatura de Poética y Retórica, y aunque el contenido de esta se proponía teórico y no creativo, no hubiera estado de más que el profesor pudiera aplicarse a sí mismo los postulados académicos que trataba de inocular a los veintiún alumnos y alumnas que la habían escogido como optativa con expectativas del grado de Literatura General y Comparada de aquella universidad capitalina con pedigrí.

En su intento por progresar, por exigirse, del mismo modo que los corredores bisoños se inscriben en competiciones para motivarse, había presentado credenciales poéticas propias a algunos certámenes literarios que demandaban composiciones breves en extensión, porque lo de articular un poemario se le antojaba parejo en dificultad a conquistar el volcán Olimpo y está en Marte. Jamás obtuvo respuesta de ninguno, con seguridad desestimados en la primera criba. Pero como su constancia se evidenciaba más fuerte que su desazón, andaba en un poema nuevo que pretendía enviar a un concurso extremeño de convocatoria.

A cambio, su erudición, el conocimiento profundo de las estructuras poéticas y su uso por poetas y generaciones, le granjeó la admiración colectiva del alumnado, en particular del femenino, que además de solazarse con sus explicaciones, se medio atontaba con sus treinta y un años de tejidos firmes, hombros nudosos, mandíbula de Harvard…

La última actividad del cuatrimestre y de la asignatura, sin repercusión en la nota final, consistiría en el divertimento de llevar a la práctica lo adquirido durante las clases. Elaborar un poema de un máximo de cuarenta versos, temática libre. Se leerían en el aula y se escogería conjuntamente al ganador que recibiría un premio sorpresa. El aura de autoridad que desprendía Kiko sin proponérselo, desde su desenfado culto, exuberante la gesticulación, frondosos el cabello, la sonrisa y la ironía educativa, se ponía de manifiesto en las miradas sostenidas de algunas chicas de veinte años con los cuerpos presuntamente basálticos de textura. Sin embargo, y a diferencia de algunos colegas, su atrevimiento era inferior a su prudencia y solo se dejaba mirar a sabiendas, sin insinuarles cualquier aproximación a lo carnal.

Los poemas resultaron pobres en su mayoría, conformados desde los tópicos, proliferando verbos generalistas, nexos de unión de instituto, adjetivos pueriles y una arritmia estrófica. Solo cuatro de los veintiuno se revelaron merecedores de atención, uno de ellos extraordinario a su juicio.

Curiosamente, la autoría del inesperado procedía de la crin morena de Emma, que no necesitaría de la poesía para seducir a cualquier homínido de veintitantos, o de cincuenta y cuatro.

> *... de prestidigitarle burbujas y blindajes,*
> *de educarla sin miedos por si acaso,*
> *de extirparle las banderas*
> *y las razas;*
> *veinte años de laxa gobernanta*

de su hambre de sueños,
algunos infranqueables,
dos décadas de adverbios
y todavía me asalta la añoranza
de cuando ella olfateaba mis pezones
voraces,
se quedaba dormida
y yo me anonadaba.

Así concluía el poema que Emma declamó desde una defensa actoral y que arrancó un estruendo palmar espontáneo de sus compañeros. El galardón, todavía sin desvelar, le fue adjudicado por aclamación, sin necesidad de mayores deliberaciones. La audiencia reclamó un bis lector que no admitía resistencias de su autora.

El poema versaba sobre la experiencia de un primer hijo que todavía ni siquiera proyectaba su compositora; un alarido de lirismo rebozado de suntuosidad intimista, abundaría el docente en su juicio aquiescente como jurado último que la oficializó como vencedora, no sin antes alabar los tres poemas de otras tantas alumnas, siempre chicas al frente de los sentimientos embellecidos, pero sin llegar a lo sublime como el de Emma.

Para Kiko, aquel poema supuso una escocedura callada de realismo y una reafirmación de su creencia en el mito del determinismo genético, de que el dios de las habilidades repartía dones al azar. Aunque si se ponía intenso, infería que quizá la mancomunidad de la convicción, la curiosidad, el escepticismo y la voluntad y, sobremanera la práctica, desembocaban primero en el buen criterio y después en el buen hacer. Quizá él, confiado en su bagaje lector no había cultivado lo suficiente la práctica de poetizar y no había adquirido esa solidez de base.

—Mañana os desvelaré, incluida a Emma, el premio.

Mañana, hoy ya, transcurría la última clase de la asignatura y al finalizar advirtió que él pagaba íntegra la primera ronda, y a Emma las que quisiera, en uno de los múltiples bares de las inmediaciones del campus, el de Valeria, sobre las siete de una tarde que se presagiaba mustia, escuálida de luz por decembrina.

---oOo---

—¿Es usted Kiko Antúnez? —la interrogación sonó resuelta al otro lado del móvil.

Tras ratificar la identificación, el secretario extremeño del jurado de la XV edición del certamen de poesía "Eclosionando", le trasladó al referido que su poema "Primer óvulo activo" había sido escogido como el ganador del certamen, dotado, para el primer clasificado, con una cantidad suculenta para la brevedad de la extensión máxima requerida en las bases: cuarenta versos.

Un sumatorio de enhorabuenas y de agradecimientos fue salpicando la conversación mientras una corrosión sorda de los escrúpulos desmoronaba al proclamado vencedor. A su término, con el compromiso de asistir al acto de premiación, Kiko no pudo sostenerse a sí mismo sin caer en una congoja vergonzante y sin apenas debate interno sobre la oportunidad de callarlo o desenmascararse digitó la secuencia que lo conectaba con una Emma que lo acabó besando abrupta y abiertamente en el bar de Valeria, cuando la quinta o la séptima cerveza habían desinhibido y desdibujado las membranas que delimitan al profesor de la alumna.

—Este es mi premio, no te esfuerces en donarme otro —le susurró la ganadora al oído mientras lo mordisqueaba.

Cuando Emma respondió, Kiko, sin darle tiempo a reponerse de la sorpresa de que su ya exprofesor la requiriese pese al trato mutuo de asumir aquella bocanada de efusión como esporádica, le espetó:

—Tu verdadera recompensa no era mi boca de cebada efímera, son mil quinientos euros que mi yo fraudulento te satisfará en doce días…

Y tras un breve intercambio verbal convinieron en encontrarse de nuevo, mañana, en el bar de Valeria para matizar los pormenores de la suplantación y quién sabe si volver a auscultarse las encías pese a las promesas biunívocas de que los momentos únicos no deben someterse a réplica para que no pierdan su condición de legendarios.

El error de mi vida

JOEL ALBARRÁN BUGIÉ

La vida está hecha de errores. Como el que me condujo lentamente hacia ti ese otoño de 1998. Empezaba los estudios de Literatura Comparada en la universidad y me había inscrito en una optativa sobre el relato en la literatura americana del siglo XX. Anhelaba con toda mi alma sumergirme en los enigmáticos vacíos de Carver, descifrar los momentos de luz y melancolía de Scott Fitzgerald, empaparme del impetuoso compás de Hemingway. Soñaba con recorrer algún día los escenarios de sus historias, pasear entre los rascacielos de Nueva York y Chicago, recorrer las llanuras del Medio Oeste. Colarme en un cuadro de Hopper y mirar al vacío como sus hipnóticos personajes.

Pero esa primera mañana de clases, cuando crucé la puerta de la universidad y consulté por enésima vez el papel en el que había garabateado el número de las aulas a las que debía acudir, fui víctima de mi propia mala letra. Un trazo demasiado largo hizo que leyera

17A en lugar de 11A. Puede parecer un error absurdo, una simple anécdota sin mayores consecuencias, pero ninguno de los pasos que he dado desde entonces ha sido ya el mismo.

Me senté solo en la última fila de la clase y me dejé mecer por el murmullo de las conversaciones. Identifiqué caras que había visto en los días previos durante los trámites de la preinscripción. Observé al resto de alumnos mientras esperaba a que llegara el profesor y me planteé, con un hormigueo en el estómago, si realmente aquellos desconocidos algún día se convertirían en mis amigos de por vida y les acabaría queriendo como a mi propia familia.

La entrada del profesor, de unos cincuenta años, barba de cuatro días y americana de pana, interrumpió mis cavilaciones. Dejó un bolso de cuero sobre su mesa, sacó de su interior un viejo libro de solapas ajadas por el uso y lo hojeó hasta dar con la página que buscaba. Levantó la mirada y comprobó que toda la clase le observaba en expectante silencio. Recorrió la sala con los ojos y, sin bajarlos al libro, comenzó a recitar:

Lo querían matar
los iguales
porque era distinto.

Si veis un pájaro distinto,
tiradlo;
si veis un monte distinto,

caedlo;
si veis un camino distinto,
cortadlo;
si veis una rosa distinta,
deshojadla;
si veis un río distinto,
cegadlo…;
si veis un hombre distinto,
matadlo.

…

Terminó el poema y buscó otra página. ¿De qué iba eso? Desde luego, no parecía la obra de ninguno de los autores norteamericanos que yo conocía. Con su voz profunda, mirada magnética y porte sencillo y a la vez majestuoso, el profesor había hipnotizado a toda la clase. Se quedó de nuevo en silencio, cerró el libro y lanzó otra estocada a nuestros espíritus adolescentes y volubles.

¿Qué me vas a doler, muerte?
¿Es que no duele la vida?
¿Por qué he de ser más osado
para el vivir esterior
que para el hondo morir?

…

Nunca había leído u oído nada parecido a esa melancolía profunda y desnuda que rompía por dentro, a esos versos que se asomaban a las profundidades del alma y aprehendían lo inasible: el dolor de estar vivo. Comprendí que estaba en el aula equivocada, pero poco me importaba. El profesor preguntó si alguno de nosotros sabía quién era el autor de aquellos poemas. Siguieron unos largos, respetuosos, instantes de silencio. Y entonces, procedente de algún lugar entre la segunda y la tercera fila, una voz de mujer rasgó el solemne silencio con la suavidad y la convicción precisas: Juan Ramón Jiménez.

Aún hoy me pregunto si es posible que me enamorara en ese instante: de esa voz, de esa mano de dedos finos que entreví desde mi última fila, de esa muñeca con pulseras, de esa larga melena que reubicaste hacia delante alzando los brazos, de la larga curva del cuello que quedó al descubierto, de la clavícula cruzada por un fino tirante.

El día y el resto de clases siguieron su curso, inevitablemente modificados por el primer y absurdo error de la mañana. Sin aquel despiste, por la tarde no habría ido a la biblioteca para indagar más sobre aquel poeta que con palabras sencillas evocaba abismos insondables. Mientras leía una antología de Juan Ramón Jiménez, sentado en una de las amplias mesas situadas frente a los ventanales, no habría reconocido las pulseras de la chica que ocupó el espacio libre que quedaba frente al mío. No habría levantado los ojos. No habría visto que leía un libro de relatos de Raymond Carver, mi autor favorito.

¿Cuál fue tu error? El accidente que llevó tus pasos hacia ese asiento vacío. La equivocación sin la que nunca habrías podido devolverme la mirada con sorpresa y curiosidad tras descubrir el libro que estaba leyendo. El desliz sin el que no habrías podido sonreírme y susurrar, casi para tus adentros, obligándome a leer en tus labios:

> ... *Y yo me iré. Y se quedarán los*
> *los pájaros cantando.*

Pasaron los días, las semanas y los meses y se obró el milagro -mi única religión es la literatura, pero qué otro nombre puedo darle- que permitió que poco a poco fuera descubriendo quién eras, al tiempo que los compañeros de la uni se iban convirtiendo primero en amigos, luego en familia. A veces echaba la vista atrás y, recordando las ensoñaciones y temores de aquel primer día, constataba aún incrédulo que mi sueño se había hecho realidad.

Hasta que llegó el último curso y comprendí que todo aquello se acercaba al final. Evitábamos hablar del futuro hasta que una noche, abrazados en tu cama, me dijiste que te habían dado una beca para hacer un posgrado en la universidad de Columbia, en Nueva York. Ante mi silencio, suspiraste un poema de Juan Ramón Jiménez:

> *Te besaré en la sombra,*
> *sin que mi cuerpo toque*
> *tu cuerpo.*
>
> ...

Han pasado ya tres años desde ese día y en esta mañana invernal llevo un libro de poesía bajo el brazo mientras paseo a la pequeña Vera por el parque. Señala un árbol, me mira con una gran sonrisa y dice 'una ardilla, papá'. Pienso en ti. Tiene tus ojos. Seguimos avanzando para llegar a la salida de la Universidad, donde ahora eres profesora titular. Una lágrima de felicidad se desliza sobre el césped de Central Park mientras recuerdo el último verso de un poema de Raymond Carver.

¿Volvería a vivir mi vida nuevamente?

¿Cometería los mismos e imperdonables errores?

Sí, si me dieran media oportunidad, sí, lo haría.

Historia de una orla

GLORIA FERNÁNDEZ SÁNCHEZ

1983

La alegría era ruidosa y la luz, aquel rayo de Vermeer que cruzaba el batiente, una espada de gozo juvenil. Habíamos terminado Derecho, para nosotros un íntimo Himalaya, y en la cumbre esperaba no una bandera, sino la orla, el diminuto laurel que coronaba tantas horas sobre los Códigos.

Mis padres me observaban con su modestia habitual, esta vez teñida de satisfacción. Su hija obteniendo un título universitario como espectáculo magnífico, la primera persona de mi estirpe que lo lograba. Un leve movimiento de placas y de clases sociales se estremecía. Lento, casi inaudible. Mi padre se había hecho confeccionar un traje a medida, pues el de su boda era puro resto arqueológico, y mi madre se había cosido un terno estival muy elegante.

—¡Ay! ¡Dios mío! —musitaba, aún escéptica.

No les había comentado mis dificultades con Civil IV, Familia y Sucesiones, para no angustiarlos. Lo aprobé con un cinco y, al ver tal cifra en la papeleta, todos los senderos que el mundo ofrenda a los humanos se abrieron frente a mí.

—¡El trabajo es posible! —exclamé, pues me habían ofrecido una pasantía en un bufete.

Aguardábamos al fotógrafo, cuyo ayudante ya depositaba unas mucetas de raso y algunos pares de corbatas de cuello de goma. El taburete promediaba el maderamen. El trípode resistía erecto, como un símbolo. Entonces llegó el fotógrafo y nos propuso diferentes alternativas de rostros, según iniciales de apellidos, chico–chica en alternancia y demás. Alguien llamó a la puerta. Me dijeron: Sal. Venga. Sal de una vez.

En el pasillo estaba el catedrático de Civil. Su cara apesadumbrada destruyó en un instante toda mi euforia.

—Lamento estropear la fiesta, mas hay un malentendido.

Era un hombre muy alto y delgado, con chaquetas impecables y modales áulicos. Buscaba siempre, a lo Flaubert, la palabra justa.

—Comprenda usted que las cosas tienen que hacerse bien. Puse un cuatro coma cinco en la lista, pero mi secretaria solo vio el cinco. Tendrá que examinarse el año que viene.

Pensé: estoy soñando, ni en las más crueles pesadillas suceden estas rarezas, mañana es la cita para la orla y sudo en el lecho con este pasatiempo de Kafka, pero yo no soy Joseph K., ni este caballero un sádico, ni su intendente una ciega, mis padres no se están impacientando con el traje nuevo y el corazón en un puño, ni habrá que dar explicaciones al vecindario y a la familia, quienes no terminarán de aceptarlo y juzgarán, con su fatalismo secular, que me está bien empleado pues mi destino era otro, vender frutas en el puesto o pasamanería en la tienda de mi madre, y me había salido del surco que los dioses labrasen para mí y para todos mis ascendientes y descendientes. Hasta el sol se había escondido tras unas nubes y un gris plomo manaba de mi pecho tintando el planeta.

—Yo no entro a comunicárselo a mis padres. Por favor, hágalo usted.

—He tenido la delicadeza de venir a rectificar la nota. Me voy ya.

Una voz, que no era la mía, un coraje ajeno a mi carácter, un dolor que precisaba gemir se aposentó en mi lengua. Y grité.

—Voy a denunciar a su secretaria.

No daba el profesor crédito a lo que oía. Yo la había visto un par de veces: era tan joven como nosotros, muy pálida también, quizá se trataba de su primer empleo. Me dio pena, ciertamente iba a desolar sus pocos años con un proceso que no se imaginaba aún.

—Mis padres han gastado dinero a causa de este error. En la indumentaria, en la peluquería. Han cerrado la tienda y papá tiene el día libre y no le pagarán, así que exigiré el lucro cesante. Eso, sin contar los daños morales que se nos infligen. De verdad que lo siento. Pero entre ella y yo, entre sus padres y los míos, velaré por nosotros.

Se quedó unos segundos en parálisis.

—Si no lo veo no lo creo. Es una buena muchacha y usted la herirá gravemente.

—Es yo misma, mi reflejo, y así aprenderá que las cosas han de hacerse bien.

Creí que el universo se me iba a caer encima. Quizá hasta me expulsasen de la Facultad. Pero ¿qué importaba a estas alturas? Aunque, de pronto, el catedrático se echó a reír.

—Menuda fiera es usted. La veo bien pertrechada para la liza de los tribunales.

—Me han ofrecido un empleo en un despacho.

—Dios me libre de encontrarme con usted en el futuro.

Y tachó el cuatro, añadiendo con su letra: «Subsanación del profesor X».

Quise pedirle disculpas, apelar a mis padres, aunque él, que leía nuestros más recónditos pensamientos sabía perfectamente que me colocaba a mí misma por delante de todo y que, biológicamente, llevaba razón. Quizá le recordé a él cuando tenía mi edad, puede que, en aquella época, con una posición de las mujeres muy distinta a la de hoy, no quisiese confundir una decisión con un prejuicio. O quizá, según el filósofo Ockham, yo abogaba por una causa justa y esa sencillísima inferencia era la más probable.

Se alejó silbando bajo otra luz. Por los ventanales, el arrebato de la vida se internaba escaqueando las losetas del pasillo, y fue entonces cuando oí que me llamaban desde el interior. Abrí la puerta; me temblaban los dedos, la boca se había secado y escocían los ojos como dos ascuas.

—¡Venga, chica, que eres la siguiente!

Sentí el flash igual que un místico vive la iluminación. Y escuché después, y mi madre no podía entender la relevancia de sus palabras incrédulas, como ante un milagro:

—¡Dios mío! Pero ¿es verdad esto?

Entonces me fue permitido, al fin, llorar sin trabas ni control ante el asombro de los presentes.

Sb2O3

BERNARDO ROMERO MUÑOZ

Aquel día no había dormido bien. Llegó a su clase de primera hora malhumorado. Subió a la tarima, se arrellanó en el sillón y dirigió su mirada al alumnado, un paisaje gris de mochilas, cabellos recién despertados y tatuajes en los brazos desnudos de un grupo al que le importaba un pimiento la organización del culto imperial y menos aún el desarrollo del urbanismo en las ciudades con el que finalizaba el cuatrimestre. Y allí estaba él. Mirando impasible el panorama.

Seis créditos. Hispania romana en siete temas adheridos a unas competencias que recordaba haber leído en alguna ocasión. Un último esfuerzo le llevaría a acabar el cuatrimestre dejando al alumnado que hiciera un trabajo final en torno a la única exclusión de sus clases magistrales: el siglo III y el Bajo Imperio. Pura decadencia imperial al pairo de una bibliografía cuya obra más reciente era de trece años atrás. Ni por esas iba a poder él, educado en un mundo analógico, driblar el frío e insulso poder redactor del chatgepeté, cuyos resultados había alumnos que no se tomaban la molestia ni de revisar.

Treinta y cuatro años acumulando trienios y sus sueños juveniles de ser un émulo de Edward Gibbon o, ya en los postreros años, de recorrer cual Mary Beard las huellas de Roma con una cámara detrás. Sueños abandonados y perdidos en lo más profundo de sus desesperanzas. En estas estaba, sumido en un letargo existencial, cuando la alumna rubita de la primera fila descruzó los brazos, levantó la palma de una mano, fina y blanquísima, para preguntar en tono acusador si allí se daba clase o qué.

Qué, exclamó enfadado a aquella voz antes de dirigir su estrábica mirada a la primera fila de mesas, oscuras como toda el aula. Óxido de antimonio se levantó pausadamente, bajó de la tarima y se acercó a la alumna blonda hasta alcanzar a aspirar nítidamente el agradable y fresco olor que despedía, a lavanda con un leve toque de palisandro, recuerdos a geranios recién regados y un fondo persistente de maderas exóticas. La alumna se vio venir al docente, le sintió aspirar por la nariz y echó hacia atrás su temor sosteniéndose en las patas de atrás de la silla y dejando sobre el pupitre tan solo las puntas de los dedos como mínimo y necesario sustento del incierto equilibrio. El de Historia Antigua volvió a repetir el adverbio interrogativo qué, pero más pausadamente y en un tono más bajo y amable. Aspiró de nuevo la fragancia de la asustada rubia de la primera

44

fila y le reprochó que usara perfumes masculinos teniendo unos ojos azules tan bonitos. Acto seguido se
marchó del aula. Así, sin más.

Desaparecido que fue por la misma puerta por la
que acababa de entrar unos minutos antes, se confor-
mó de inmediato entre la tarima y la primera fila del
aula un intenso debate en el que se enfrentaron todo
tipo de posturas, desde las que exigían la inmediata
expulsión del profesor de la Universidad por atentar
contra la intimidad de las alumnas, hasta el no digáis
tonterías que esgrimió la protagonista involuntaria del
incidente, resolviendo el asunto al asegurar que lo que
dijera o lo que hiciera el de Antigua le sudaba el coño,
que el cuatrimestre estaba acabado y que los seis créditos los tenía en el bolso sin despeinarse siquiera. El
debate no acabó con esto, las posturas se radicalizaron,
y entre amagos de insultos y descalificaciones se fueron
cumpliendo las competencias reflejadas en la guía de
la asignatura, esas que Óxido de Antimonio recordaba
haber leído alguna vez. Todas se trataron en la animada
discusión. La capacidad de análisis y de síntesis para
comprender los conocimientos, aunque fuera a gritos;
conocer, utilizar y perfeccionar el nivel de usuario en el
ámbito de las TICs al sacar la rubia del bolso la *tablet*
con el ChatGPT ya instalado. El alumnado vociferan-
te interpretó y analizó las sociedades humanas en su
dimensión espacio-temporal hasta alcanzar esa misma
mañana; conocieron la evolución histórica y los pará-
metros básicos de la formación y funcionamiento de

las sociedades humanas, que tampoco han cambiado tanto. La discusión en torno a si el docente huido se podría considerar agresor con tanto aspirar obscenamente el aire, puso de manifiesto que poseían un conocimiento racional y crítico de la historia, sobre todo del de Historia Antigua, trasunto que les llevaba a comprender el presente, haciéndolo inteligible a los demás, incluido el chaval ese tan raro que siempre va de negro, el de la última fila que nunca habla con nadie y estaba con los ojos como platos siguiendo el griterío en torno a la rubia de la primera fila. Un alboroto que pedía sangre, siendo capaces en consecuencia, hubiere consenso o no, de organizar, planificar y gestionar la información necesaria para joder la carrera de un individuo que no era sino uno más en la cadena de las diversas sociedades y culturas, machistas, que en el mundo han sido. En cuanto a la última de las competencias, la de analizar e interpretar las diversas fuentes históricas, estaba superada desde los tiempos del rincón del vago, cuanto más ahora con el ChatGPT.

Óxido de antimonio no volvió a aparecer más por el aula de la rubita perfumada de lavanda. Un alumno apasionado por la guerra civil entre César y Pompeyo, y otro con la intervención del pretor Marco Claudio Marcelo en la fundación de *Corduba*, fueron a su despacho a comentarle el asunto del intenso debate y la negativa de algunas alumnas, las que se colocan al fondo del aula, a asistir más a las clases con el profesor fascista. Sonrió, les explicó que los lictores portaban la *fasces* como símbolo y aviso de que la *potestas*, el poder, y el *imperium*, la capacidad de mando, eran atributo del personaje al que escoltaban, y que por lo tanto él, que mandaba menos que el último de los bedeles de todo Rabanales, no podía ser en absoluto un fascista.

Óxido de antimonio no volvería ya al aula gris donde dormitaban sobre sus mochilas fecundas generaciones de universitarios, a través de los visitantes hizo llamar a la rubita perfumada de lavanda, le agradeció que hubiera abortado el intento de impulsar unas medidas disciplinarias contra su persona, las cuales le habrían traído sin duda más de un dolor de cabeza, y le anunció que ese año habría aprobado general. Cinco sexenios y once trienios le contemplaban y le habían convencido de que lo más conveniente para su salud mental, era bajar de su tarima, que no tribuna, y dedicarse al cultivo de una huerta de coles en Villarrubia, lejos de *Spalatum*, cierto es, pero a un cuarto de hora de su casa en la Avenida de Barcelona. Al fin y al cabo, en Croacia ni sirven medios ni saben preparar el rabo de toro como en la Sociedad de Plateros de su barrio. Él no era Diocles, *Gaius Aurelius Valerius Diocletianus Augustus*, pero aprendió desde bien niño a plantar las coles, y además en francés: *On les plante avec le nez, / à la mode, à la mode. / On les plante avec le nez / à la mode de chez nous.* Tiempos.

Primer año: Anatomía I

SARA ARNEZ CUENTAS

El aprendizaje de diseccionar cadáveres dependía de estar cerca del profesor para escuchar bien y ver todavía mejor. Los anfiteatros de la Facultad de Medicina de los años ochenta, en la ciudad de Sucre, Bolivia, eran pequeños, admitían apenas una veintena de estudiantes que llegábamos temprano para ocupar los espacios inferiores, porque desde las graderías altas se veía muy poco.

Yo me ponía en la primera fila para mirar con atención y cuando tocara el turno, manipular bien los instrumentos y señalar los órganos que el docente pedía que encontrase.

Esa mañana la luz que se internaba por la claraboya del techo alto, era diferente, a lo mejor había cambiado la estación y el invierno se metía luminoso hasta el cuerpo que esperaba en posición decúbito dorsal sobre la mesa de granito del anfiteatro. Un cuerpo solitario, inerme, deshabitado ya de todo aliento de vida, de aquello que nos diferencia de los muebles o las piedras.

El profesor había empezado su clase y mientras le escuchaba observé con atención el cadáver y me di cuenta de que se trataba de una mujer joven y delgada. Noté su rostro pálido y un poco hinchado por las sustancias que se utilizan para embalsamarlo y postergar su inevitable descomposición. Tenía los ojos cerrados muy hundidos sin el volumen que marca el globo ocular, cubiertos por unos parpados sufridos, arrugados.

Sí, me pareció que había sufrido. Una herida en la cabeza mostraba su sufrimiento, el dolor, quizás la indefensión, o a lo mejor la sorpresa ante un accidente. Pero ningún detalle se brinda sobre los cuerpos donados a la ciencia o abandonados sin nadie que los reclame. Su cuerpo era huesudo y fino, su cintura parecía imposible de tan angosta y tenía marcas de algo que había hecho presión hasta que la rigidez cadavérica se había instalado, algo como un cinturón que le había dejado pliegues pequeños y verticales, huellas como las que exponen los fósiles.

Una pollera, pensé, es la cintura de la pollera. Era una *chola*[1]. Sus pechos flácidos colgaban a los costados. Tenía un pubis casi adolescente, con escaso vello púbico, pero las estrías en el vientre denotaban embarazos, o por lo menos uno. Las palmas de las manos delgadas, de dedos que ya empezaban a secarse,

---

[1] *Chola*, mujer indígena o mestiza de Bolivia.

extendidas mirando hacia arriba. Y toda ella era pálida, casi amarilla.

Por primera vez ante un cadáver del anfiteatro, me pregunté cómo habría sido esa persona, cómo peinaba sus cabellos hoy cortados al ras para que accediéramos más fácilmente a sus vísceras, quien habría sido antes de convertirse en un paquete de órganos que estábamos a punto de abrir, de descubrir. Íbamos a husmear en un interior que ella jamás había imaginado mientras daba de mamar a su criatura y su vida transcurría no sabemos cómo.

—Usted, pase al frente —me ordenó el profesor—. Diseccione ese brazo, plano por plano, avise lo que encuentra hasta llegar a la arteria humeral.

Y tomé mi bisturí con las manos enguantadas, la bata bien cerrada, la cara cubierta por la mascarilla. Levanté su brazo, era delicado. ¿Habría arrullado un bebé? ¿Habría abrazado a su amor? ¿Trabajado la tierra? ¿Escrito una carta? Ella estaba tan sola, tan triste en mis manos, tan lejos, allá donde nada podía doler. Y yo del lado de aquí, tracé la línea con el bisturí, tuve que hacer presión para cortar la piel endurecida y fui abriendo la carne repitiendo en voz alta los hallazgos:

—Cortamos piel, encontramos tejido celular subcutáneo, aponeurosis, músculo… —mientras me invadía el frío de su soledad, su serena e infinita tristeza de vacío absoluto.

En ese momento el profesor me interrumpió:

—Carola ¿les dije o no les dije que usaran gafas protectoras ?, el formol es muy agresivo con los ojos, le están lagrimeando. ¿Puede ver bien?

—Sí, doctor, a la orden —alcancé a decir sin voz, respiré profundo el aire con su olor a formol y retomé la rutina.

Desde entonces, en todas las clases, y aunque ya no trabajábamos con ella, o sobre ella, yo iba a verla. La visitaba y la velaba en silencio mirando sus brazos abiertos y cada vez más destrozados, que mostraban los músculos con sus nombres marcados por alfileres, los nervios con chinchetas de diferentes colores. La profundidad de su muslo donde asomaban sus huesos.

Cada semana tenía menos miembros, cercenados por la rutina de las prácticas que enviaban sus piernas a la sala de "Miembro Inferior" donde vi extraer su rótula, redonda y limpia, y la articulación de la rodilla, que había levantado su cuerpo para caminar por el mercado, cuando tenía un nombre y agitaba su pollera por las ferias de Sucre. O sus brazos, trasladados a la sala de "Miembro Superior" que visité para encontrarme con sus manos ya arrugadas. Ella iba desapareciendo, cada vez más pequeña y miserable.

Una mañana ya no la encontré. En su lugar estaba recostado, con aspecto de pez asfixiado, un hombre morado y grueso con el tórax hundido, causa de su muerte. La busqué en todas las salas, perdida en los pasillos, abriendo puertas de otras clases sin saber qué preguntar o a quién buscaba. Hasta que en la sala de

"Cabeza Cara y Cuello", me encontré con la pequeña estructura ósea casi sin carne que me miraba desde el infinito, sin cuerpo, sin rostro y ya mostrando esa sonrisa eterna de las calaveras, esos huesos que iban a ser lo único que quedaría de ella.

Me la robé porque no soportaba dejarla sola, separarnos así, sin una despedida, sin un mañana, después de haberla conocido tanto por dentro, como nadie.

Y corrí con ella metida en una bolsa de plástico por la acera del teatro Gran Mariscal, corrí atravesando los jardines vivos, pasé al trote por la puerta de los comedores de universitarios, las calles bullentes que se apagaban poco a poco, hasta percibir el cementerio de los pobres, abrir su reja oxidada y buscar un lugar junto al muro. Allí, a cambio de la mitad de la mensualidad que me enviaban mis padres, el sepulturero me asignó treinta centímetros cuadrados, donde me dejó guardarla personalmente bajo tierra. Una pequeña posesión para ella, una morada que no tuvo en vida, un pañuelo de tierra donde recordarla.

Es mejor el camino que la meta

FRANCISCO PI MARTÍNEZ

El sol de octubre refulgía en los ventanales de los edificios del campus, proyectando sombras saltarinas. Muchas de ellas las generaban grupos de alumnos que se dirigían hacia sus aulas. El inicio del curso provocaba un bullicio inusitado en aquellas primeras horas de la tarde. Francisco Javier los observaba divertido y hasta corrió peligro de ser arrollado por un tropel de estudiantes que pugnaban por entrar a la Escuela Politécnica, donde él acababa de concluir los estudios de Ingeniería Informática. Por suerte, pudo hacerse a un lado con agilidad en el momento justo en que la turba amenazaba con pasarle por encima. Mientras tanto, en el aparcamiento, alguien maniobraba para estacionar en un espacio libre demasiado reducido para ello. «Javier Alsina Ferrer» se leía en la credencial de adulto mayor, adherida al parabrisas del coche. De él se bajó, no sin cierta dificultad, un hombre de edad avanzada, pero de facciones delicadas; guapo, para su edad, podría decirse.

—Hola, Javi. ¿Cómo ha ido?

—Hola, papá. Nada, hombre. Todo bien. Era un trámite.

—Bueno, bueno. Pero, había que hacerlo. ¿Te dieron la nota?

—Un nueve.

—¡Vaya, enhorabuena! ¡Qué bien!

—Bah. Tacaños. Podrían haberme dado un diez. Mi proyecto era muy bueno.

—Bueno, ya está. No importa. Ahora ya tienes el título, ¿no?

—Tengo que solicitarlo con la boleta de la nota. Secretaría no trabaja por las tardes. Uno de los bedeles me ha pasado el formulario. Mañana lo relleno, voy a pagar, lo entrego y ya está.

Javier Alsina estrechó la mano del más pequeño de sus tres hijos, nacido cuando él superaba ya la cuarentena, al que dio su nombre, en combinación con el de Francisco, el que era, todavía, y sería siempre, a medias hijo y a medias nieto. Después lo abrazó. Subieron al auto, Javi con agilidad y Javier de nuevo no sin trabajo, y salieron del lugar. El tráfico era fluido y no les costó alcanzar la antigua carretera nacional. Llegaron a Miraflores en un santiamén.

—Vamos a celebrarlo.

—Me parece muy bien —respondió el titulado.

Se sentaron en una terraza junto al Guadalquivir. El Sr. Alsina pidió dos cervezas al camarero que los atendió, obsequioso, y después miró hacia el río. La tarde era espléndida, nada calurosa; el sol arrancaba destellos de la superficie del agua y flotaba en el ambiente una paz que ahuyentaba las preocupaciones.

—Son mucho más amables que nosotros, estos colombianos —dijo en voz baja.

—Papá, no seas racista —rio el joven—. Además ¿cómo sabes que es colombiano?

—No, no, al contrario —protestó el padre—. Lo digo en serio. Es agradable cuando te atienden con amabilidad. Y estoy seguro de que es colombiano porque habla igual que Alberto Manuel, el mecánico que teníamos en la fábrica. Emigrante, solo, con una vida bien difícil y nunca se le caía la sonrisa de la boca. Como a este camarero. Seguro que su vida no es sencilla —concluyó. Luego calló, porque el chico ya regresaba con sus cervezas.

Su hijo permaneció también en silencio. ¿Había sido demasiado fácil su vida, hasta entonces? El viejo pareció leer sus pensamientos. Por ello, le dirigió una mirada amable, esbozando una sonrisa.

—¿Cómo te sientes, ingeniero? —preguntó.

—Vacío —respondió Javi, reflexivamente—. Creí que sería distinto. He terminado la carrera. He dedicado a esto seis años de mi vida y me siento, sobre todo, vacío.

El padre sonrió y lanzó un suspiro.

—Voy a contarte una historia —dijo—. Hace algo más de treinta y un años, tu tío Jorge, el menor de los hermanos y el único que pudo estudiar, también estaba concluyendo su carrera y tenía que presentar su

Proyecto Fin de Carrera. El mundo ha cambiado mucho desde entonces. Hoy tú, para hacer tu examen, llevabas en el bolsillo una de esas cositas que guardan información. ¿Cómo se llama?

—Un pendrive —apuntó el joven.

—Sí, eso. Bueno, tu tío, que también tenía que presentar un programa, ¡se llevó el ordenador de casa! Uno de esos de escritorio, pesado y voluminoso. Yo le ayudé a bajarlo y meterlo en el coche. Llevaba el teclado debajo del brazo, con el cable arrastrando.

—¡Ja, ja! —rio Javi, con estrépito—. ¡Quién os habrá visto!

—No te rías, hombre. —Sin embargo, él también reía, ente dientes, rememorando el suceso—. Eran los medios que teníamos.

—Ya, pero por qué no utilizar uno de los ordenadores de la Escuela. En el aula de proyectos debía de haber... ¿no?

—Ah, no. No podía ser. Jorge dijo que no se podía arriesgar a hacer la prueba en otro ordenador. Decía no sé qué de la configuración. No me acuerdo.

Javier rio de nuevo.

—O sea que..., ¿el programa solo funcionaba en su ordenador?

—Así parece, hijo...

Javier conocía los nervios que se pueden sentir cuando, sin razón alguna, la tecnología no quiere funcionar como uno espera. Su padre interrumpió está reflexión y prosiguió.

—Llegamos a la Escuela temprano. Yo tenía que trabajar y él quería probarlo todo una o dos veces, dejarlo conectado y no sé qué más. Regresé hacia la una del mediodía. Él me envió un mensaje de texto. Antes no se enviaban fotos ni notas de voz —explicó Javier, que, con estas palabras, se ubicaba un poco al margen de una modernidad que lo aturdía—. Él me esperaba a la puerta del edificio, en lo alto de las escaleras, con el ordenador en el suelo y el teclado en la mano. Reconoció el coche, cargó el aparato y bajó.

—Increíble… —murmuró su hijo.

—Cuando tu tío Jorge se sentó en el auto y partimos, le pregunté lo mismo que a ti y me respondió de la misma manera. Se sentía vacío. El logro de titularse no lo llenaba. Como tú ahora, esperaba otra cosa de ese momento. Mientras desgranaba sus reflexiones, yo callaba. Estaba cayendo en la cuenta de que era mucho mejor el camino que la meta. Lo que quedaba de su paso por la Universidad eran las vivencias, las amistades, los esfuerzos y desvelos que lo habían llevado a ser casi incansable…

—¡Exacto! ¡Esa es la clave! —exclamó el recién titulado. Su padre pareció no escucharlo.

—Tu tío comprendía que el valor del paso por la Universidad es, precisamente, el paso por la Universidad. En su conjunto. Y al comprenderlo, le nacía el agradecimiento hacia tus abuelos, que habían podido darle la oportunidad de vivir aquello y de formarse como persona.

Javi observaba a su padre atónito. ¿Cómo era posible que tantos años atrás, en una circunstancia tan distinta, su tío Jorge se hubiera sentido exactamente como él al concluir sus estudios? Solo cabía una salida: seguir. El camino era más importante que la meta y no tenía final. Lo sucedido aquel día, era un hito, el fin de una jornada… que habría de ser seguida por otra, por muchas otras. Mañana empezaría a buscar trabajo. O una beca para ir al extranjero. O… Seguir el camino era lo importante.

—Hoy pago yo —dijo, y mientras hablaba le hizo una seña al camarero—. Vamos —dijo después—, que hay mucho camino por recorrer todavía.

Su padre lo miró complacido. Parecía haber entendido.

El pensamiento de dios

JUAN DE MOLINA

El hombre que disfruta escuchando a los Beatles y a Édith Piaf tanto como disfruta con Brahms y Puccini, mira la calle mojada. Es una noche lluviosa de marzo de 1991. Está acostumbrado a este clima, aunque no le gusta. Ya en su etapa de timonel en Oxford odiaba levantarse temprano para los entrenamientos y tener que aguantar estoicamente, bajo la cellisca, el corajudo avance del bote sobre las gélidas aguas del río.

Por alguna razón, se acuerda de Jane mientras mira a ambos lados de la calzada. Está tan reciente su separación, la humillación doméstica con la presencia del *otro* en su propio hogar, los tres bajo el mismo techo, que aún no ha conseguido exorcizar sus fantasmas.

Observa el destello de los focos de los automóviles y decide cruzar. Pero el hombre que tanta familiaridad tiene con la velocidad de la luz, el hombre tranquilo que está habituado a las ecuaciones abstractas y al cálculo matemático, no ha calibrado adecuadamente la distancia de los vehículos que emiten sus haces de luz en la noche. De modo que al impacto tremendo le sigue la oscuridad.

Poco a poco, le llega una luz, y alguien que no conoce, alguien que viste una bata blanca le recuerda lo que le ha sucedido y le pregunta que cómo se encuentra. Está tan acostumbrado a perder las apuestas con los estudiantes y sus colegas científicos, que ese error de cálculo que ha acabado con él en medio de la calzada, con las piernas entrelazadas sobre la silla de ruedas, se le antoja una anécdota más de su azarosa vida personal. Así que, aunque el sistema computarizado que le permite hablar ha sufrido daños irreparables, se ha fracturado un brazo y se ha abierto una brecha en la cabeza, cuando hace balance de lo acontecido, levanta una ceja y acierta a resumir en su interior: "Podía haber sido peor."

Elaine, su enfermera particular, que lo conoce tan bien, que no se ha separado en todo momento de la cama y que le sostiene la mano desmayada en un claro gesto de cariño, le mira el enorme costurón de trece puntos que le surca el cuero cabelludo y esboza una sonrisa.

—Ha hablado el optimista impenitente —dice, mirando al doctor, que mueve la cabeza de un lado a otro en señal de incredulidad.

El hombre de las gafas de montura de acero, el hombre que se jacta públicamente de haber nacido en el día en que se cumplía el tricentenario de la muerte de Galileo Galilei, siente un leve mareo y nota que se hunde en la niebla de la inconsciencia. Permanece en ese estado por un tiempo indeterminado, hasta que una voz familiar lo regresa de nuevo a la habitación del hospital.

Se nota tumefacto y dolorido. Sus ojos se desplazan hacia abajo y observa el tubo de plástico que le sale de la tráquea. Sabe que está vivo, que, una vez más, le está ganando el pulso a la muerte. Recuerda cuando le diagnosticaron la esclerosis lateral amiotrófica, hace ya veintiocho años. "Tienes la ELA", le había dicho el doctor en presencia de su padre. Ambos le habían exigido la verdad al galeno, y el especialista le vaticinó no más de dos años de vida. "Es una enfermedad degenerativa, progresiva e incurable, que afecta a los músculos, pero que no daña al cerebro".

¿Quién no habría caído en la más profunda depresión? El hombre que siente debilidad por los pósteres de Marilyn Monroe, el estudiante para quien Bertrand Russell era poco menos que un héroe, el hombre que había conseguido la famosa Cátedra Lucasiana de Matemáticas en Cambridge, se recuerda encerrado en su habitación, escuchando a Wagner a todo volumen. Se recuerda compadeciéndose de sí mismo como un personaje trágico, y, aunque no puede controlar su sistema periférico, el rastro de felicidad le aflora en los ojos, la luz de su optimismo se refleja en su mirada tras sus gafas perennes, como un destello de energía que escapara del horizonte de sucesos de un agujero negro. Le habían diagnosticado no más de dos años de vida… y ya hace veintiocho años de aquella horrible noticia.

Ya en el último curso de Oxford comenzó a darse cuenta de que balbuceaba al hablar, que le costaba trabajo atarse los cordones de los zapatos, que se estaba volviendo un "patoso". Afortunadamente, había elegido estudiar Cosmología en Cambridge, había optado por la física teórica, y, para esta disciplina, el cuerpo no contaba, lo importante era el cerebro... y él disponía de uno enormemente dotado para las abstracciones geométricas y espaciales.

Aunque su rostro no lo manifiesta de forma perceptible, a pesar de la asfixia que ahora lo invade, en este momento está sonriendo abiertamente, pues se ha visto de forma fugaz en la popa del bote, conduciendo, a voz en grito, a los esforzados remeros de Oxford; y luego se ve ausentándose de la tarea de timonel y volando hacia un plano superior, un mundo donde habitan complejas ecuaciones, universos primigenios, negros agujeros siniestros, con un hambre tan voraz que engullen todo lo que osa acercarse a su campo de acción... Un mundo tan interior, un mundo tan *suyo*, que en él encuentra su elemento natural; un mundo en el que su pensamiento ensimismado se abisma por agujeros de gusano que lo trasladan al otro lado. Ese lado que lo regresa a la asfixia pasajera y que ha dado paso, a continuación, a una luz blanca y a un olor de asepsia y de lejía.

Ahora es de nuevo el hombre de la voz metálica, el hombre que ha publicado una *Historia del tiempo* que se convierte en un best seller de alcance internacional, un éxito editorial sin precedentes para una obra de divulgación científica, que le permite afrontar los gastos de la atención constante de su enfermedad y que lo salvan de terminar en un asilo por falta de recursos; el hombre que ha popularizado términos científicos como el *Big Bang* y el *Big Crunch*, la idea del universo en expansión a la vez que el universo inflacionario, la eterna dicotomía de la ciencia, el abanico de posibilidades de donde brota el conocimiento, mas, también, las dudas filosóficas, las dudas metafísicas que bordean, sin traspasarlas, las fronteras de las certezas empíricas, los pilares sobre los que la ciencia ha construido el edificio de la sabiduría. Y es aquí donde el hombre del belfo caído y los brazos desmayados sobre el regazo piensa en Galileo, en Newton, en Einstein, sus ilustres predecesores en la hermosa tarea de arrojar luz sobre las sombras, de indagar en el misterio de las leyes que gobiernan el mundo conocido.

De repente, siente que se marea de nuevo. Nota la mano del sueño tirando hacia abajo. ¿Acaso es la hora? ¿Esta vez es la definitiva? No le gustaría morir ahora. ¡Queda tanto por hacer! La teoría unificada de la que hablaba Einstein le apasiona últimamente. Piensa que el día en que ésta se confirme, tendrán respuestas las grandes interrogantes acerca de dónde venimos y por qué estamos aquí, y éste será el triunfo definitivo de la razón humana, pues entonces conoceremos el pensamiento de Dios.

Adelina y el genio

M.ª Concepción Jimeno Barrera

Aquella tarde, como tantos días, al terminar sus clases en la Facultad de Filosofía, Adelina se disponía a regresar a casa, se sentía sola y deprimida.

De nuevo la misma escena: el bullicio en los pasillos, sorteando alumnos, salir del edificio y encaminarse a la parada del autobús. Para evitar aglomeraciones y encuentros no deseados, se alejaba caminando unos metros y se sentaba en aquel banco de metal frío y negro, que parecía una extensión de sí misma. Allí solía permanecer hasta que la zona quedaba despejada. Y allí repasaba su jornada laboral, como siempre, sin más, anodina, nada que resaltar, ni un gesto, ni frase de entusiasmo o interés por parte de los pocos alumnos que asistían a sus optativas. Se sentía fracasada.

La monotonía le pesaba más que los años. Sus días eran una sucesión de escenas repetidas día tras día, la misma rutina: el comienzo del curso en la Facultad, los mismos compañeros, los alumnos, los exámenes, las solitarias tardes en casa preparando materiales, contestando correos, corrigiendo pruebas y luego las vacaciones. Así año tras año.

Era una mujer que pasaba desapercibida para los demás, ni guapa ni fea, ni alta ni baja, en definitiva, no destacaba por nada. Y sobre todo era invisible para Mario, su colega, del que estaba perdidamente enamorada.

Y de hecho tampoco destacaba en la Facultad. Sentía una enorme envidia de Luisa, una joven y brillante profesora, a la que todo el mundo admiraba, tenía tanto carisma que en sus clases no cabía ni un alfiler.

Las optativas que impartía Adelina solían quedar para los que no habían tenido otra opción, las sobras, pensaba ella.

Aquel día permaneció en el banco hasta que anocheció. No quería encerrarse en casa tan temprano. Al ir a levantarse apoyó la mano en el banco y notó que un objeto se interponía entre sus dedos y las frías barras de hierro. Era un móvil. Lo cogió y miró alrededor por si veía a alguien que pudiera ser su dueño, pero a esas horas el campus estaba desierto.

Como la pantalla estaba empañada, la frotó e inmediatamente apareció un SMS: "soy un genio de la inteligencia artificial que vive atrapado en la nube. Pídeme tres deseos antes de que acabe el mes, te los concederé y yo seré liberado".

El corazón de Adelina empezó a latir a toda velocidad, pero ¿esto qué es?

Dejó el móvil en el banco y se alejó rápidamente pensando que era uno de esos fraudes tecnológicos, tan frecuentes últimamente. Comenzó a andar más despacio y se detuvo: ¿Por qué no probar? Después de todo esto era una nota disonante en la monótona melodía de su vida.

Volvió y frotó de nuevo la pantalla del móvil: Había pensado que deseaba tantas cosas que era difícil elegir tres.

Finalmente formuló al genio el primer deseo: tener más éxito en su profesión, más que Luisa, y ser reconocida por su valía.

Al día siguiente impartió una clase tan amena e interesante que al final recibió una lluvia de alabanzas y de aplausos por parte de sus alumnos. Así vio cumplido su deseo, de hecho, al cabo de los días sus clases se llenaban y no solo eso, le comunicaron que ese artículo con el que había estado peleando tanto tiempo, se iba a publicar en una revista prestigiosa. Así que recibió una felicitación por parte de la misma decana y de los colegas del Departamento.

"Ten en cuenta que el éxito no da la felicidad, le advirtió el genio".

Para el segundo deseo dudó entre ser rica o encontrar el amor. Y eligió el segundo. De nuevo el genio le advirtió: "el amor no da la felicidad".

Y el segundo deseo se cumplió: Mario comenzó a fijarse en ella, la felicitó y alabó por el artículo que iba a ser publicado y poco a poco, compartiendo impresiones de los alumnos y algún que otro café, se enamoraron perdidamente. Era como un sueño lo que estaba viviendo Adelina.

Quedaban pocos minutos para que acabase el mes y debía pedir el tercer deseo ¡Qué angustia! No sabía qué elegir entre tantas cosas que le venían a la cabeza.

En el último minuto tuvo una iluminación y formuló su tercer deseo: "deseo no desear nada".

Consiguió ser feliz y liberar al genio.

Sobre el tiempo de estudio

ADRIEL GARCÍA DEL PINO

¿Qué tocaba ahora, Lingüística Aplicada o Documentación? Siempre me confundo. Pero, debo admitir que me gusta confundirme; me hace sentir que formo parte del ruido de los pasillos, del olor a café que inunda las aulas a primera hora, del fluorescente que parpadea en solitario sobre el despacho de una de las profesoras que siempre aguarda su tutoría con la puerta semiabierta.

Encuentro entre la muchedumbre una cara familiar y lo sigo hasta el aula. Don Vicente ya está en su mesa, me mira y sonríe. Es un hombre canoso, con gafas, calculo que le quedará un año para jubilarse, pero no tiene pinta de ser de los que se desvinculan por completo de la vida académica. Me han dicho que tiene algunos libros publicados. Seguramente, cuando llegue el momento, se dedicará a eso; a continuar creando teorías traductológicas de madrugada junto a una infusión de manzanilla, bien caliente, para que afloren las ideas.

Me siento al fondo. Desde aquí puedo observar las interacciones de los demás estudiantes. Delante de mí, David y Carlos susurran en voz baja. Creo que están saliendo. Desde que comenzó el curso no han parado de mirarse y gastarse bromas. Incluso, una mañana los encontré sentados en un banco cerca de la biblioteca, con ese nerviosismo que nos caracteriza en los primeros encuentros y con una tonga de apuntes sobre sus regazos. Aquí los apuntes parecen secretos de Estado, sobre todo para Álvaro, que siempre se sienta en la primera fila. Como diría mi abuela, «ese es de la *Virgen del Puño*»; no da ni la hora, y eso que solo le pedí las anotaciones de los primeros quince minutos de una clase a la que no pude asistir porque me coincidía con un chequeo médico. ¡Dios me libre si le llego a pedir los de la hora completa o, incluso, los del día!

Por suerte, Marta, que también se sienta en la misma fila, escuchó la conversación y me ofreció los suyos para que los fotocopiara.

Ahora uno de los chicos acaricia la mano del otro por debajo de la mesa. Mi sospecha ya está confirmada. Se gira hacia atrás e, intuyo, que por ese sexto sentido que todos tenemos en la nuca, me sorprende mirándolo. Sonrío y me devuelve una sonrisa tímida, a la par que agradecida.

Don Vicente no está teniendo su mejor día, se ha enredado en su propia dialéctica —le suele ocurrir— y la segunda fila empieza caer al ritmo de una banda sonora de bostezos y un baile de manos que intentan sujetar la cabeza. Cualquier posición o superficie en la que apoyarse, siempre y cuando no sea la mesa, se convierte en un reto digno del mejor contorsionista. Suena la campana; hoy la lección ha sido cruel, pero por fin tenemos un breve descanso.

En la cafetería, Juan, me tiene preparado el cortado, muy oscuro y tan caliente, que hasta a mí, que me han acostumbrado a beberlo de un trago, cuando me baja por la garganta, siento que me quema el esófago. El café es malo, pero me gusta; aquí es la gasolina de la mente.

Permanezco atento escuchando las inquietudes de mis compañeros sobre su futuro laboral, algún cotilleo sobre las *celebrities* —así es como las llaman— y sobre los planes del fin de semana en los que, aunque no asista, siempre me incluyen.

Tres clases después, decido que es el momento de claudicar. Hoy tengo optativa, pero me la salto. No suelo hacerlo, pero aún sigo con la resaca de la clase de Don Vicente y solo tengo ganas de tomar el autobús y llegar a casa.

Abro la puerta de la entrada principal, justo cuando el reloj marca las dos de la tarde. Me quito la chaqueta y apoyo la contera del bastón junto a la pared, en el lugar que le corresponde junto al paragüero. Mi esposa escucha mi carraspera y se asoma por la cocina.

—¡Qué pronto llegas hoy! —me dice sorprendida, mientras escucho una voz que me resulta familiar—. Pero… ¡mira quién ha venido a visitar al abuelo!

Mi nieta corre hacia mis brazos con la cara manchada de chocolate.

—¿Qué tal el colegio? —Le pregunto mientras le retiro la maleta que aún permanece en sus hombros y que casi supera su peso.

—Bien, hoy la *profe* me marcó mogollón de deberes ... ¿Y el tuyo, abuelo? ¿También tienes deberes?

—También, *mi niña*, ahora cuando terminemos de comer los hacemos los dos juntos.

La tarde transcurre entre canciones, cuentos infantiles y ejercicios sobre los solecismos más comunes en los textos periodísticos locales.

Llega la noche, con su calma, con su luna, con la promesa de un nuevo día en el que dedicar tiempo al estudio. Ya en la cama, abrazo a mi esposa y justo antes de quedarme dormido, en ese estado donde se mezclan imágenes con recuerdos, me pregunto: ¿qué tocaba mañana?

CATEGORÍA JÚNIOR

Dos días de examen

TATIANA OSTAFI
Primer premio

Silencio absoluto. Todo el material de dibujo está perfectamente colocado en el borde del caballete, se dan unos últimos ajustes a la pinza que sujeta el costoso papel de grano fino sobre la tabla de madera.

Marcelo respira hondo, el reloj al fondo del aula marca las dieciséis y cincuenta y ocho, faltan un par de minutos para que dé comienzo la primera parte del examen final. A su alrededor, los compañeros se encuentran agitados y nerviosos. Un último alumno entra en clase y busca rápidamente algún hueco libre, coloca sus cosas de forma caótica y apresurada.

El profesor Sierra se pasea entre los caballetes con su mirada amenazante, haciendo resonar sus pies elegantemente, moviendo en su mano izquierda una varilla con la que comprueba que la distancia entre las personas sea adecuada. Mira la hora en su reloj de pulsera antes de hablar.

—El examen comienza ya. Tienen tres horas y ni un minuto más. Los descansos están permitidos en cualquier momento, pero administren su tiempo adecuadamente. Queda terminantemente prohibida la utilización de dispositivos electrónicos, los cuchicheos o el sabotaje; manos en sus utensilios personales y fuera del papel ajeno.

Marcelo cruza miradas inquietas con el resto de la clase, nadie se atreve a mover ni un músculo.

—¿A qué esperan? ¡Vamos! Hora de dibujar.

El profesor Sierra se retira hacia el fondo del aula. En pocos segundos se desarrolla un murmullo combinado de susurros, cintas despegadas y carboncillos rascando superficies frenéticamente.

Marcelo realiza primero unos breves bocetos con grafito en su bloc de dibujo, anotando cada peculiaridad de la escultura que había elegido, la caída e intensidad del foco que la ilumina, el sutil matiz que diferencia una sombra de la piedra polvorienta. Media hora después comienza con un suave encaje sobre el abismal papel…

La tarde se desarrolla de forma caótica, agotadora y calurosa. Las lágrimas y frustraciones se calman al otro lado de la puerta del aula, donde en el patio no caben más colillas y vasos de café, abandonados por quienes salen a tomar un breve o infinito descanso.

Tras las largas horas del primer día de examen, marcan el nombre y apellido en la esquina superior derecha del papel. El profesor Sierra realiza fotografías de control en cada uno de los dibujos con su cámara digital. Antes de dar por concluida la sesión de examen, los más precavidos no olvidan marcar con cinta adhesiva en el suelo la posición exacta del caballete, no fuese este a moverse solo y fastidiar su perspectiva.

Marcelo sale del aula satisfecho, sabe de sobra que ha hecho muy buenos avances con el encaje y el dibujo en general, incluso ha tenido tiempo de dejar empezado el claroscuro; no le falta confianza en sus capacidades y sabe de sobra que en la próxima sesión tendría tiempo para terminar hasta el último detalle. Llevaban meses dibujando las imponentes estatuas una y otra vez, no había de qué preocuparse porque todos conocían sus detalles al milímetro.

La tarde del martes los nervios de la anterior jornada ya se han calmado y desaparecido por completo. Todo indica que saldrán victoriosos del eterno examen de dibujo y podrán celebrar el fin de curso con cervezas y sangría en la cafetería de la Facultad, pero toda esa calma y confianza se empieza a esfumar alrededor de los primeros siete segundos después de que el profesor Sierra dé comienzo al examen.

Nada más alzar la vista hacia su dibujo y compararlo con el modelo, está claro que algo va muy mal. Creyendo que se encuentra en una pesadilla, Marcelo se une al grupo de personas que han tomado el descanso de forma apresurada, antes de dejar que el pánico les invadiera. Necesitaba aire fresco. Una vez fuera, respira muy hondo mientras se aleja del grupo que comenta las teorías descabelladas acerca de lo que había pasado con los dibujos.

Todos habían escuchado los rumores… Se trataba de una anécdota, inocentada o historia de terror muy recurrente en su Facultad. Decían que, como norma general, los alumnos que realizaban el examen final de dibujo en junio sufrían extrañas alucinaciones; quizás era debido al calor que se acumulaba en un aula mal ventilada, la falta de sueño y la ansiedad o el ambiente cargado de aguarrás y otros productos tóxicos que respiraban en los pasillos a diario. Decían que los dibujos cambiaban por arte de magia o que las esculturas modificaban la pose antes de la segunda sesión. Ningún alumno de primer año creía en esa espeluznante historia hasta que empezaba el segundo día del examen.

Marcelo regresó a su dibujo tragándose el orgullo, que le decía que era imposible que se hubiera equivocado de esa manera copiando el modelo; el Discóbolo, la estatua que él había estado dibujando durante tres horas la anterior jornada, ya no tiene su mano izquierda cerca del gemelo, sino completamente apoyada sobre su rodilla. Marcelo limpia sus gafas concienzudamente, como si aquello fuese un problema de visión. Se entretiene revisando la cinta con la que marcó la posición de su caballete, pensando que quizás alguien lo había movido y se trataba de un problema de perspectiva. También da un par de vueltas a la estatua, viéndola desde todos los ángulos sin comprender. Desesperado, abre el bloc de dibujo y revisa de nuevo su boceto y los dibujos anteriores; la conclusión parece ser que todas las veces que había dibujado al Discóbolo lo había hecho mal.

No era el único, según había escuchado comentar a sus compañeros. La Venus de Milo ayer tenía la cara en otra dirección. La Amazona hoy lleva la pierna demasiado doblada. Polícleto se encontraba inclinado hacia la izquierda... Las esculturas de la clase de dibujo parecen estar todas borrachas y mal colocadas, era eso o alguien había saboteado los dibujos sin dejar rastro.

Rendido ante la situación, al igual que el resto de sus compañeros, Marcelo empieza a borrar tanto como el papel le permite. Una mano colocada más arriba también significa un hombro más inclinado, una cadera más elevada... Los cambios se vuelven infinitos y con el claroscuro ya empezado resultan difíciles de tapar. Es prácticamente imposible salvar la situación y termina saboreando la amarga realidad de no haber logrado terminar el dibujo al detalle.

Tres horas más tarde, el profesor Sierra vuelve a fotografiar las obras mientras los alumnos salen del aula con resignación y los ánimos hundidos hasta el subsuelo.

Esa misma noche, cuando el profesor regresa al aula para realizar la evaluación final, lo hace sin disimular la sonrisa malévola que le acompaña. Enciende todas las luces y focos, pero esta vez ninguna escultura se encuentra correctamente iluminada porque todas se han levantado de su pedestal.

—Creo que esta no me ha conseguido muy bien la cara, jefe, yo soy mucho más guapa —ríe la Venus de Milo analizando su retrato.

—Vacaciones… —murmura Polícleto.

—A mi este chico no me ha caído del todo bien —añade el Discóbolo mientras manosea su dibujo—. Se veía muy engreído, todo el año mirando por encima del hombro al resto. ¿Y si le damos una lección?

—Muy bien —asiente el profesor, anotando en su formulario—. Demos comienzo a la evaluación extraordinaria.

Caer de pie

TXOMIN REQUETA JEREZ
Accésit

Fue a la tercera en lo que llevábamos de semana cuando el decano se decidió por fin a alzar la vista hacia la deslumbrante altura del edificio, y con voz sobrecogida admitir que no, que en efecto a partir del cuarto piso un cuerpo no podía sobrevivir a una aceleración que terminara —porque en algún lugar había de terminar— en el pavimento de la acera. La experiencia reciente hizo al resto del elenco, formado por algún profesor en hora libre y dos o tres periodistas muy lejos de la primicia, asentir ante tal afirmación, mientras la vista se les perdía entre los ladrillos pardos y brillantes del bloque.

Cuando salimos del metro, ese viernes, nadie repartía los periódicos en las escaleras que dan a la calle. El cajón metálico estaba ahí, pegado a la vallita con su pila de veinte minutos temblando al viento, pero hasta en la forma en la que estaban puestos uno encima de otros se veía una desgana, un alucinante hastío, que parecía invitarnos a pasar de ellos. Llegábamos tarde y decidimos leerlo en el cambio de clase, un par de horas después. Estaba en primera plana, esquinada por otras dos noticias con un tamaño de fuente tres veces mayor. Decía: "Muere estudiante tras tirarse desde décima planta". En la extensión de la página siete, redactada con una ligereza abrumante, al por mayor, se explicaba a medias el suceso, haciendo hincapié, eso sí, en una falsa transcripción de lo que había dicho el médico del SAMUR, pues al parecer la chica había fallecido al poco rato de intervenirla. La noticia cerraba con la declaración de uno de los conserjes del edificio, testigo del hecho por segundos, que se había detenido ante la puerta del baño de mujeres el tiempo justo para coger aire, tiempo en que podría haber intervenido en la escena pero que, una vez dentro, le limitó a la visión de un jersey blanco y una melena revuelta perdiéndose tras el alféizar: "Es una tragedia. Estos jóvenes no saben caer de pie".

Por lo visto con esa frase empezó todo. A la semana siguiente nos convocaron en el paraninfo. Habían dispuesto una mesa corrida sobre la que personalidades gubernamentales, además de regentes universitarios, posaban estrictamente sus brazos, mientras que con la mirada perseguían nuestro silencioso intento de sentarnos. Al cabo de quince minutos comenzó la charla. Un esquema podría ser este:

Con carácter inmediato se inauguraba un curso para prevenir lo que tantos estragos estaba causando en nuestras aulas.

El curso se llamaba Principios y Control de la Fuerza Cinética, y estaba coordinado por dos entidades: el Instituto de Gimnasia Español, bajo la dirección de Renaldo Altolaguirre Arribas (presente); y la Escuela Científica Universitaria, bajo la dirección de Mireia Vila Puente (ausente por meningitis).

Las asignaturas se rebajaban un crédito, de tal forma que los 5 créditos cuatrimestrales dispensados se reconocerían al rellenar las horas de trabajo correspondientes (125 horas).

La asistencia a las clases teóricas y/o prácticas sería obligatoria salvo justificante médico.

Los vocales estaban convencidos de nuestra voluntad (y madurez) para que todo se desenvolviera de la mejor manera posible.

La reunión terminó con un puñetazo a la mesa del decano, que acompañó el golpe con una frase sobrecogida:

—¡Saldremos adelante!

En el jardín vimos un corro de gente. Dos alumnos de primero se habían escabullido del paraninfo en lo más soporífero de la charla. Encima de los cadáveres recientes, una ventana del cuarto piso estaba abierta de par en par.

Como todos los comienzos, éste fue difícil. No es mi objetivo abrumar con pormenores. Las clases teóricas se centraban en explicarnos en qué consistían el MRUA y la Tercera Ley de Newton, nuestro mejor amigo desde entonces. También pasaron por nuestras aulas

las más variopintas fórmulas físicas, los fisioterapeutas con los dedos más machacados y los antropólogos más amarillos. A veces nos distraía una sombra que cruzaba la ventana de arriba abajo como un rayo. El profesor se acercaba a la ventana, miraba a la calle, cerraba los ojos y al abrirlos retomaba la clase con energías renovadas. A nosotros esta prisa nos estremecía.

Pero ésta era, sobre todo, un arte empírica. Los esfuerzos más bastos se llevaban a cabo en la piscina de Ciudad Universitaria, que habían vaciado y vuelto un gimnasio. Si en clase habíamos estudiado la teoría, aquí se aplicaba lo aprendido empezando por genuflexiones y estiramientos cada vez más amplios, y siguiendo con percepción del momentum, pronunciadas combaduras, doblar increíblemente las rodillas, plantar los brazos, meter la cabeza entre los hombros y rodar, rodar y rodar hasta que el cuerpo perdiese su ímpetu y su espanto y su pulsión de muerte. Evidentemente la filosofía reticular variaba según la altura y las circunstancias físicas de cada uno, pero el objetivo era siempre el mismo: caer de pie.

Como una vez al mes el decano venía a visitarnos. Junto a los tutores recorría el recinto y ponía muchísimo interés en todos los ejercicios que hacíamos. Al poco rato se marchaba, no sin antes aplaudirse la espalda junto a sus colegas y felicitar a los profesores por su gran labor.

Los resultados son grosso modo los que siguen:

A los 20 días habíamos aprendido cada mínimo movimiento de la serie infinita. Un alumno promedio era capaz de realizar indemne un salto de 3 metros.

A los 32 días muchos empezaron a prescindir de las colchonetas en los saltos de 6, 7 y hasta ocho metros. Al resto también nos sobraba en los de 5 metros.

A los 50 días ya todos saltábamos desde la plataforma de 10 metros de la piscina sin problemas.

A partir de entonces todo se aceleró, porque (se entiende) nuestros cuerpos habían adquirido habilidades felinas y una increíble resistencia.

A los 100 días saltábamos de 20 metros. El día 134 lo hacíamos desde los 30.

Hay un punto en todas las historias en que algo se rompe. Pasa siempre. Algo se rompe física o psíquicamente y desde entonces nada vuelve a ser igual. En nuestro caso fue una rodilla.

Un alumno de segundo de carrera se tiró del noveno piso de la Facultad. Había dejado una nota en la nevera de su casa: "No puedo. Lo siento". Cuando el padre se despertó y la leyó, se precipitó al coche y en menos de diez minutos corría por el parking del campus con la nota todavía apretada dentro del puño. La ambulancia en la puerta le presagió lo peor. Se acercó lentamente. Su hijo estaba postrado en una camilla, la pierna elevada y sujeta por cuerdas y metales, pero consciente. El arrepentimiento o el instinto (hasta ahora no se ha precisado) le habían hecho aplicar lo aprendido en los meses anteriores.

La primera plana de los veinte minutos, a la mañana siguiente, la ocupaba la cara del decano: «Lo hemos conseguido», exclamaba.

Ese mismo jueves, en la Facultad de Telecomunicaciones, al acabar un examen de Álgebra II, una alumna se dirigió al laboratorio y se aplicó una descarga de 500 voltios que le paró el corazón.

El debate ahora es si se debe crear un nuevo curso para enseñar a los alumnos a conducir como es debido la electricidad.

Sólo un pájaro

ELENA SIRVENT CAZORLA

Me gusta observar a los que me rodean, y afortunadamente para mí, vivo en un lugar en el que hay mucha gente para hacerlo. Nací hace varios años en este mismo árbol, desde que era un polluelo me sentía fascinado por el entorno que me rodeaba, aunque al principio debo reconocer que no entendía bien qué era este sitio; me sentía confundido viendo un frenesí constante de personas cargadas con mochilas y bolsos de aquí para allá, algunos parecían muy relajados y otros muy nerviosos, reían o lloraban, y eso aumentaba más mi desconcierto. Hasta que un buen día, mi padre me explicó por fin qué era realmente este rincón del mundo en el que vivíamos, la Universidad. Desde ese momento todo cambió para mí. Conforme iba creciendo me fui interesando cada vez más por lo que me rodeaba, me gustaba acercarme a las clases, a la gente, todo me fascinaba y así acabé estableciendo mi rutina del día a día.

Esta mañana, como muchas otras, he visto desde mi nido la llegada de enormes caballos de metal que traen a los estudiantes hasta aquí. Con el tiempo aprendí que se llamaban autobuses, aunque a día de hoy aún estoy intentando averiguar qué clase de animales son. De ellos, siempre desmontan grandes cantidades de estudiantes; son a mi parecer, un grupo muy variopinto y eso me encanta. Ninguna persona es igual a la anterior, y eso hace que cada una de ellas logre enseñarte algo nuevo.

Llega la hora de la primera clase y me preparo. Echo el vuelo hasta llegar a mi objetivo y me poso en una rama cercana: este año académico he decidido asistir a las clases del grado de Historia. Al poco tiempo, puedo ver a través de la ventana abierta entrar a la profesora, que no tarda en comenzar con el temario de Historia Antigua; durante esas dos horas que dura la clase me transporto a otra época, concretamente al Antiguo Egipto. Mi mente me lleva hasta otro tiempo, sobrevuelo las pirámides y me intento empapar de la historia egipcia; después, comienzo a sobrevolar el Nilo, en sus orillas veo a muchos agricultores aprovechando la época de la cosecha y en sus aguas distingo pequeñas embarcaciones de pescadores; poco a poco el río se convierte en un camino que me guía rápidamente hasta Tebas, durante la época de mayor esplendor de los faraones. Frente a mí pasan desde Hatshepsut a Tutmosis III.

Cuando llega el momento del tiempo de descanso, vuelvo a la realidad, emprendo el vuelo para estirar un poco las alas y me dejo guiar por los sonidos que se cuelan entre los árboles. Hace un día soleado y muchos estudiantes aprovechan para tumbarse en el césped, y desde mi privilegiada posición en las alturas puedo distinguir a varias parejas y grupos de amigos. Asimismo, también hay muchos que han aprovechado el buen tiempo que hace para estudiar al aire libre, incluso hay una persona echando una cabezadita. Me poso al lado de esta última y no tardo en reconocer quién es. Al pasar tanto tiempo como yo en el campus es normal quedarse antes o después con las caras de aquellos con los que te cruzas prácticamente todos los días, y yo me cruzo mucho con Marco. Está en su tercer año de Ingeniería Mecánica, y por lo que sé, le va muy bien, aunque lo cierto es que cuando está en la universidad siempre lo veo durmiendo.

Dejo a Marco continuar con su siesta, y sigo dando mi vuelta por el campus, me dirijo a la biblioteca donde sé que estará Jaime, últimamente siempre está ahí debido a que empezará con los parciales dentro de poco. Es una persona muy risueña y siempre lo oigo bromear con que la biblioteca se ha convertido en su nuevo hogar. Con el tiempo he descubierto que esa es una broma muy frecuente entre los estudiantes. Ahora mismo está muy concentrado en los papeles que tiene delante, pero puedo ver cómo mueve frenéticamente la pierna debajo de la mesa, se puede apreciar a la legua que está muy estresado, y mientras paso mi mirada por el resto de personas de la sala, compruebo que no es el único.

Así que, para intentar relajar el ambiente, me acerco un poco más a la ventana, y comienzo a entonar una suave canción; no tarda en tener efecto, poco a poco observo cómo los allí presentes se van relajando y me alegra ver que he tenido el resultado que esperaba. Ojalá que algún día tanto Jaime como el resto se dieran cuenta de que a veces es necesario tomarse un respiro para poder continuar, y que no deben sentirse culpables por ello porque no están desperdiciando el tiempo.

Lo cierto es, que una de las apreciaciones más importantes que he sacado de mi periodo universitario, es una referente al tiempo. Hoy en día, la gente intenta vivir muy rápido y dejan de apreciar las pequeñas cosas, como el sonido del viento o sin ir más lejos, el cantar de los pájaros. Muchos por desgracia ni siquiera levantan la vista de los teléfonos móviles, hay tiempo para todo y es una pena que no nos demos cuenta.

Me despido silenciosamente de Jaime, y emprendo mi vuelta a clase, puesto que ya he excedido el tiempo de descanso que había y no quiero perderme la siguiente lección; pero entonces veo a alguien que hace que frene mi vuelo y me pare en una rama cercana. Es Julia, de todas las personas que he conocido a lo largo de estos años, he de decir que es mi favorita. Recuerdo perfectamente la primera vez que la vi, comenzaba su primer año de universidad y tenía una mirada asustada e insegura, se sentía perdida y venía acompañada con un sin fin de preguntas acerca de su futuro y sus estudios acechándole la mente. Pero fue pasando el tiempo, y pude apreciar desde la primera fila cómo fue evolucionando y conseguía la confianza necesaria en sí misma, comenzó a sentirse segura y siempre llegaba con una sonrisa en la cara. Ahora mismo, está en su cuarto año de Derecho, ha disfrutado como nadie estos cuatro años de su vida: ha trabado grandes amistades, vivido nuevas experiencias e incluso se fue de Erasmus a Alemania durante un año. Cuando se gradúe la echaré de menos, pero sé que es parte del proceso y me alegro de que esté cumpliendo sus metas. Hay veces que siento que sabe que estoy ahí y me dedica una sonrisa, pero supongo que serán solo cosas mías. La miro una última vez, y esta vez sí me voy a clase.

El resto del día sigo sobrevolando la universidad, intentado aprender cosas nuevas y empaparme del ambiente que rodea. Lo tengo muy claro, es un sitio maravilloso.

Aunque en realidad qué sabré yo. A fin de cuentas, solo soy un pájaro.

Próximamente

Daniela Estrada Lázaro

8 de septiembre de 2024.

Hoy he llegado a la residencia porque mañana empiezan las clases. He apurado el tiempo al máximo. Mamá me ha dicho que vaya anotando las cosas que me pasan en esta libreta, que la uni pasa muy rápido y que los amigos que se hacen aquí son para toda la vida. No le creo nada, pero a la mujer le hace ilusión. Los colegas de toda la vida serán los del pueblo, digo yo, que están conmigo desde siempre. Ninguno de ellos ha venido a esta universidad. No les gusta la gente de la capital. A mí tampoco, la verdad, pero mamá me dio mucho la brasa con que esta era la mejor facultad. Habría que ver al Dani o al José aquí, en esta residencia. Es sólo de tíos, pero está súper limpia y ordenada. Cuando he llegado a la habitación, había un pavo en la litera de arriba mirando el móvil. Por el cartel que hay en la entrada sólo sé que se llama Arturo y que está medio flipado porque pone sus apellidos en siglas.

Igual es un *tiktoker* o un *youtuber*, yo que sé. Pensándolo bien, puede que me sirva para ligar. Me preocupa no encontrar a alguien con el que salir de fiesta. Si no pillo pronto, estos se van a descojonar de mí.

9 de septiembre de 2024

Hoy he conocido al tal Arturo. Va también a mi clase, así que hemos ido juntos hasta allí. Menos mal que lo conocía todo, porque a mí los pasillos de la facultad me parecen todos iguales. Por lo visto, Arturo es un empollón. Le he comentado que es mejor que no levante la mano siempre, que la gente le va a coger manía. El resto de nuestros compañeros son todos unos pijos de Madrid. He echado mucho de menos a mis colegas. Si no fuera porque la rubia de la primera fila llevaba minifalda hubiera sido un día muy triste.

10 de septiembre de 2024

Arturo y yo hemos vuelto a ir juntos a clase. Intento que no me relacionen mucho con él, pero es inevitable. La verdad es que, aparte de ser un empollón de libro, no molesta demasiado. Sólo me habla si le pregunto algo. Sí que es verdad que por la noche se la pasa con las lucecitas del móvil. Lo bueno es que yo siempre he sido de buen dormir, no me molesta.

Hoy la rubia, Marta creo que se llama, me ha pedido el número. Al principio me he puesto muy nervioso, pero luego, al ver que también se lo pedía a Arturo, me he dado cuenta de que era para crear el grupo de WhatsApp de la clase. Parece que saldremos este jueves. Perfecto, porque yo el fin de semana me querría bajar a ver a estos. Le he preguntado a Arturo qué hará él y dice que se queda en la residencia.

13 de septiembre de 2024

No sé a quién se le ocurrió que había que salir los jueves. Tengo una resaca descomunal y no he podido ir a clase. No sé siquiera si podré volver al pueblo. Arturo se ha quedado a hacerme compañía. Desde ayer me cae mucho mejor el chaval. Es verdad que a mitad de la fiesta se puso a bailar e hizo el cuadro nivel máximo bailando a lo robot. A ver, siendo sincero, hacía un poco de gracia, pero espantaba a las tías. Lo saqué de su trance y le dejé claro nuestro objetivo: pillar a toda costa. Creo que no lo entendió bien porque me contestó: "¿pillar qué?", pero yo tampoco estoy para enseñar a vivir a nadie.

Empecé por Marta, pero resulta que no se llama Marta y no le sentó del todo bien que me confundiera. Tampoco que le tirara un poco de cubata en el vestido. A ver, estaba muy borracho. Se arregló la noche casi al final, gracias a Arturo. Me encontré a la mujer de mi vida. Isabel, de esta no me olvido. Cuando se reía llenaba toda la discoteca. Estaba tan borracho que me creí con el derecho de entrarle. Ahí es donde aparece

Arturo, como un superhéroe, como un colega de verdad. Parece que le iba a decir una *racistada* a la chica, no recuerdo cuál exactamente, pero él corrigió enseguida mis palabras. De la primera frase sólo sé que a mí en ese momento no me parecía racista. En el pueblo se dicen muchas burradas porque no hay personas negras. En ese sentido, me alegro de estar en la capital.

10 de enero de 2025

Han pasado muchas cosas desde que escribí por última vez. De hecho, me he acordado de este diario porque mi madre me ha preguntado por él en Navidad. La verdad es que cualquier cosa me sirve de distracción para no estudiar. Estamos en época de exámenes. Isabel me recoge por las noches para ir a la biblioteca. Abre las veinticuatro horas del día. Sobrevivimos a base de capuchinos y escapadas al baño. Somos novios ahora. Si no fuera por los parciales, la vida sería maravillosa. Alguna vez Isabel se ha podido quedar a dormir en la residencia. Le dejo una sudadera para que se haga pasar por un tío y no sé muy bien cómo, pero cuela.

A Isabel no le cae bien Arturo. Siempre me dice que tiene algo raro. Me pregunta por su familia o sus otros amigos. Yo le digo que los hombres tenemos amistades diferentes a las de las mujeres, que no tenemos que saber todo sobre nuestros colegas. Creo que le tiene rabia porque no puede dormir con lo del móvil por la noche.

Isabel y yo no estamos pasando por el mejor momento. Lo de Arturo la está volviendo loca. Ayer fuimos a su cumpleaños. Resulta que coincide con el final de los exámenes. A mí me parece una excusa de puta madre para salir de fiesta. Juro que tanta biblioteca me estaba afectando a la salud. Bueno, al lío, resulta que el tonto de Arturo tenía una pequeña broma conmigo. Yo le decía: "tío, ¿cuántos cumples? Diecinueve, ¿no?" Y él me decía: "no, no, cumplo dos años". Y me lo decía muy serio y eso me hacía más gracia. Pero Isabel nada, seria. Las tías cuando quieren no tienen sentido del humor. Bueno, pues en la tarta de cumpleaños de ayer que celebramos sólo nosotros tres, puso dos velas y escrito en grande: R2ROW GPT. Yo lo del nombre no lo pillé, pero las dos velas me hicieron mucha gracia. Y nada, la tía ni una sonrisa. Mira que dije que la universidad era para ligar y no sé cómo lo he hecho, que he acabado en escenas de matrimonio.

Sobresaliente

PEDRO RAMOS ROMERO

Hace un año y medio entré por primera vez en una clase suya. Solo había unos huecos al final del aula y a mí se me habían olvidado las gafas, no vi casi nada durante la primera hora. No conocía a nadie y los grupos parecían estar ya formados, así que me limité a usar el móvil. Fue en mi primer año de universidad, de independencia y de urbanita. No había ningún profesor, tardaba en llegar, lo que espoleaba el barullo general. Para mi sorpresa, él ya estaba en la clase, inclinado hacia la pantalla del ordenador preparando sus diapositivas, todas horrorosas y terriblemente sobrecargadas de texto. Se quejaba a unos alumnos sobre la pésima calidad del monitor. Cuando se levantó, me impresionó su altura y su corpulencia, era guapo. Bueno, no lo era, era imponente, y por eso supuse que era guapo. El primer día no vi nada, forzaba a mis torpes ojos a encuadrar sus márgenes difusos sobre los ideales de una fisiología masculina impostada, como de atleta, de padre cinematográfico, de actor porno.

El primer día, aun sin ojos, ya sabía que me sería fácil sacar un sobresaliente. No había examen final y el temario ya lo había trabajado antes, en el bachillerato humanístico. Él se hacía el gracioso, el chulo, explicando la guía docente. Cuatro bromas sobre la burocracia y un chiste bastante desesperado sobre el físico del chico de secretaría le bastaron para conseguir la carcajada y el beneplácito de los imbéciles de la clase, que estaban obnubilados ante la presencia de un primer profesor "guay". No los juzgo, acostumbrados a los repetidos señores soberbios y elitistas, intentos frustrados de ser algo más que un divorciado amargado y con una ideología vengativa encubierta, este les venía como agua de mayo.

No tardó en fijarse en mí, fui la única persona en levantar el brazo cuando preguntó por Aurora Venturini. Le gustaba mencionar aleatoriamente nombres de mujeres u homosexuales sin entrar mucho en materia, como para quedar bien. Me sonrió, dijo que no me haría falta mucho para llegar al nueve. No os voy a engañar, fue la única conversación que tuve en esta ciudad durante semanas y la admiración de un tío tan listo me preñó de validación para el resto del día.

Tiempo después tuve que volver al pueblo para trabajar los fines de semana. Al irme los viernes por la tarde y volver los lunes por la noche, acabé perdiéndome mes y medio de sus clases. No me dolía sacrificarlas, al fin y al cabo, era la única asignatura que aprobaría casi sin estudiar.

Descubrí durante las navidades que tenía varios correos suyos, dos sobre mi asistencia y uno más sobre una recomendación personal, un libro. No sabía que los profesores eran tan cercanos en la universidad. Con la excusa del libro acabamos hablando interrumpidamente durante dos semanas.

Él me atraía, como una fantasía, una ilusión erótica, nada más allá. Nunca se lo hice ver, me daba mucha vergüenza incluso tomarme la confianza de no empezar los *emails* con "Saludos cordiales" ni acabarlos con "Atentamente". En cambio, él cada vez parecía tener más interés en ser mi colega. Eso me empezó a incomodar un poco.

Mi timidez, mi parón en las clases y mi incapacidad de socializar con imbéciles me empujó a no tener amigos, nadie a quien preguntar si eso era normal, o si lo hacía con ellos. Seguí siendo su "colega", aunque fuese raro.

En el segundo cuatrimestre volví a sus clases, era una asignatura anual. Estaba como enfadado, resentido conmigo. Ya no aplaudía mis aciertos ni agradecía tener en su público a alguien que supiera sobre sobre Ricoeur y las esferas de acción de Propp. A veces cruzábamos miradas, él me rehuía para luego acercarse a otra alumna, igual de atractiva que soberbia, y a un alumno, algo mayor y ensimismado. Parecía querer despertar celos en mí, como un exnovio preadolescente con apego evitativo. Pasé de eso.

Después volvieron las sonrisas confidentes, los encuentros fortuitos por los pasillos y, en consecuencia, las propuestas para tomar un par de cervezas. Seguía sin tener amigos y mis compañeros de piso no se preocupaban en resucitar mi vida social, así que accedí.

Accedí sin acceder el resto de los meses. Sin saber cómo ni cuándo, había conseguido meterme mucha presión con su asignatura, con mi físico y con que "lo tenía abandonado".

No encontraba el porqué, pero me costaba descansar, comer bien e ir a la universidad. Tenía miedo de encontrármelo.

Entrar en detalles dificultaría la redacción de este relato corto y su adecuación a los rasgos formales que piden en este certamen, pero a buen entendedor, pocas palabras bastan.

Perdí mi autoestima, mi salud mental, mi carrera y mi futuro laboral. Acabé dejando la universidad, aborreciendo mi cuerpo y mi sexo y maldiciendo a Venturini. Se lo llevó todo; él sigue allí, usando y desusando a los alumnos que van llegando.

Mi sorpresa llegó en junio, cuando, sin presentar mi trabajo final y ya en mi pueblo, una compañera me hizo llegar mis notas. Había sacado un sobresaliente, el primero y el último.

El peso de las palabras

RODRIGO CARRASCO TORRESANO

"*Es ya el octavo golpe que escucho desde la puerta del cuarto de la residencia. La insistencia de quien vocifera mi nombre al otro lado es notable, pues ya hacía varios minutos que cualquiera hubiera desistido en encontrarse con quien no quiere responder.*

Y es que esa es la verdad; no quiero o, más bien, no puedo. Tu llamada me invita a salir de mis cuatro paredes y eso es algo que me aterra. Tan solo pensar lo que me espera ahí fuera hace que quiera aferrarme a las baldosas del cuarto.

Prefiero mirar por la ventana, ya sabes que es algo a lo que me he aficionado. ¿Recuerdas lo que te dije? A lo largo de los dos años que llevo en el campus, esta ventana me ha servido de espejo unidireccional por el que puedo ver todo, pero nadie puede verme a mí.

¿No pueden o no quieren? Es una pregunta que todo este tiempo ha rondado por mi cabeza ¿Sabes, amiga? Me pregunto ¿Cuándo comencé a parecer invisible para el mundo? ¿Cuándo se torció todo? Estoy segura que no fue el primer año de carrera.

Jamás olvidaré mi llegada a la universidad ni tampoco olvidaré el vestido de gasa que usé para mi primer día. ¿Lo recuerdas? Resaltaba mi figura y hacía un contraste hermoso con mi cabello castaño y mis ojos color ámbar. Seguro que pensarás "Que presumida".

Recuerdo también cómo todos me miraron cuando crucé la puerta de clase; no era por mi belleza, era porque llegaba tarde.

Siempre me río al recordar ese momento. Seguro que también lo recuerdas, al igual que las fiestas, las borracheras, los líos de una noche, aunque si alguien más que tú lee esto, que sepa que también estudiamos... seguramente. Por lo menos yo sí, he tenido la suerte de heredar la mente privilegiada de mi madre. ¿Verdad, amiga?

También me acuerdo de cuánto te quejabas por haber escogido una carrera de ciencias, ya que nunca pudiste plantarles cara a tus padres y estudiar ese grado en diseño que tanto anhelabas.

No es mi caso, nunca nadie podrá poner en duda cuánto amo estudiar veterinaria, o por lo menos amaba.... Sabes que siempre quise serlo, te lo dije muchas veces, quiero saber lo que es salvar una vida, aunque ahora lo correcto sería decir quería.

Porque ¿cómo pretendo salvar la vida de un animal si la mía se escapó de entre mis dedos hace mucho? Todo eso quedó en el pasado como ves. Es ahora en el presente cuando me pregunto ¿Cuándo todo se fue a la mierda?

Es mejor que me pregunte a mí misma, porque si pregunto fuera de mi bunker, obtendré la misma respuesta: Que fue culpa mía, que yo lo provoqué, que todo se ha torcido por mi culpa.

¿Podrían ser esos comentarios lo que lo torcieron todo? No, en el fondo tú y yo sabemos que todo fue después de conocerle a él. Prefiero llamarlo él, su nombre me genera sentimientos varios que prefiero no relatar.

Fue esa encantadora personalidad la que no me dejó ver al horrible monstruo que escondía detrás. Por desgracia, una noche tomé la mala decisión de enviarle esas malditas fotos. ¿Recuerdas?

Que tonta soy, por supuesto que recuerdas. Fuiste tú la que me advirtió sobre ese chico desde el primer momento y yo, como una tonta, no te hice caso.

Pero *¿puedes culparme?* ¿Cómo iba a imaginar que el que era mi novio filtraría a un grupo privado todas y cada una de las fotos que le mandé?

Esas fotos han sido el clavo de mi cruz, pues con ellas me han crucificado.

¿Sabes cuántas veces he tenido que borrar la palabra "puta" de mi coche? Ni te imaginas amiga. Esa jodida palabra me persigue, me avasalla en cada lugar al que voy.

La oigo de la boca de alumnos, desconocidos e incluso de algún profesor; es como si la hubieran plasmado en mi piel con acero incandescente.

¿Y crees que a él le persiguen por haber atentado contra mi intimidad? Para nada, él sigue viviendo su vida de ganador, mientras yo me muero por dentro, no pudiendo salir de mi habitación porque siento asco de *cómo me mira la gente.*

¿Recuerdas cuando te dije que me borraría Instagram porque me aburría? Te mentí, fue porque a diario recibo mensajes eróticos de hombres que quieren, según sus palabras, "recibir el mismo material".

Desde hace un año que esto está pasando. Recibo insultos por correos, en la calle, hasta una carta en la que textualmente me invitaban a quitarme la vida. No puedo más amiga, es una situación insostenible.

Me encuentro desamparada, indefensa. Las únicas que me habéis ayudado habéis sido la decana y tú, animándome, insistiendo en que denuncie.

Y me pregunto ¿Para qué? ¿Cambiaría algo? No, no cambiará nada, me encontraré de nuevo de bruces con esta maldita realidad, *Una realidad en la que soy una apestada, una repudiada. Me miro en el espejo y rezo por volver a ver a la mujer que fui, pero por más que miro, no la veo.*

Solo me veo a mí, un despojo humano que no tiene más remedio que cortarse a escondidas para sentir que tiene el control sobre algo de su vida. Pero ese control se está esfumando.

Me temo que he perdido lo que siempre me dijiste que debía tener: esperanza. Es por eso que cuando encuentres esta carta, ya no estaré.

Solo quiero decirte que esto no es culpa tuya, es mi decisión. He llegado a un punto sin retorno del que me temo no puedo volver.

Espero que cuando leas esto no me eches la culpa por rendirme, pero quiero que sepas que lo has sido todo para mí, mi protectora, mi guardiana, mi ángel de la guarda, y que, aunque no esté contigo físicamente, lo estaré para siempre en tu corazón.

Si alguien me pregunta qué es lo que me ha hecho aferrarme hasta este punto, respondería sin duda: mi mejor amiga, Sandra.

Te quiero con el alma".

La sala enmudeció cuando las palabras dejaron de salir por los labios de la mujer plantada tras el atril.

Algunos de los presentes, conmovidos por la lectura, dejaron salir algunos sollozos que rompieron el pesado silencio que recaía en los hombros de aquella mujer.

—Esta carta —pronunció con una voz algo temblorosa— fue lo último que me dejó mi mejor amiga antes de tirarse por la ventana del sexto piso de la residencia donde ambas vivíamos.

No se oía nada en la sala, pues todo el mundo atendía sin apartar la mirada.

—Quiero que recuerden la historia de Laura —dijo mientras miraba al público— porque esto que le pasó a ella sigue pasando. El acoso que ella recibió no cesó con su muerte, se personificó en otras personas que pasan calvarios semejantes.

Su tono de voz aumentaba con cada palabra que salía de su boca.

—Es por eso que pido que si veis a alguien que está sufriendo algo parecido no dejéis que lo haga solo, haced por ayudarle y puede que evitemos cosas como estas —volvió a pegar la mirada en la carta— y, por supuesto, no seáis como los verdugos que mataron a mi mejor amiga. En este día en contra del acoso, pido que la historia de Laura no se repita y que jamás nadie tenga que recibir una carta como la que recibí yo. Muchas gracias.

Tras unos segundos de silencio, la sala entera estalló en aplausos que llenaron el aire de todo el lugar. Sandra tomó aquellos aplausos con agradecimiento y se retiró del escenario mientras pensaba "Por ti amiga, te juro que seguiré por ti".

Esto no es un discurso de graduación

Lucía Oca Vázquez

Me levantaba a las siete todas las mañanas. Estiraba muchísimo mi pelo para hacerme una cola alta que me contraía el cerebro y no me dejaba pensar. Me ponía mallas de licra y sudaderas amplias. Así disimularía la barriga. Desayunaba en silencio mientras mi madre hacía juicios de valor respecto a mi aspecto físico. Aguantaba callada hasta que, en un punto, concentraba toda mi ira hacia mí misma y la proyectaba sobre ella en un duelo letal: tú no eres mi madre, no te quiero, no tienes nada que decir sobre mí, el día que me vaya de esta casa nunca, jamás, voy a volver.

Después me recomponía rápidamente y entraba en el instituto con mi mejor sonrisa. Toda mi vida social se articulaba alrededor de un hombre. A veces era el que me gustaba a mí, a veces el de mis amigas. Hablábamos de sexo y yo fingía que me parecía atractiva la idea de agarrar una polla, o de dar besos con lengua.

En mi proximidad todo me era ajeno, extraño y repulsivo, también yo. Tuve incluso que cambiarme de instituto, aunque ese vacío no era tan fácil de llenar. Hice tantas cosas de las que me arrepiento. Besé bocas malolientes, bebí de vasos de misteriosa procedencia, me drogaron, me engañaron, escuchaba una música que me atormentaba y rechazaba todo lo que me habían enseñado mis padres desde lo más profundo de mi ser.

Entonces descubrí la filosofía y a Amaia, más o menos a la vez. Había *modos de ser* a los que de pronto me sentía próxima, notaba su calor. Pensaba: se puede ser así, como yo, y gustarles a las personas. Pasaba tardes, noches enteras leyendo y releyendo los textos de Nietzsche que caían en Selectividad, no tenía nada más. Escuchaba a Amaia compulsivamente. A muchos les parecía una chica tonta e inocente, yo nunca había percibido tanta sensibilidad. Sentía que, cuando cantaba, de alguna forma me estaba hablando a mí.

Empecé a concentrar todos mis esfuerzos en ser la mejor de la clase. Sólo pensaba en un futuro un poco mejor y, en el fondo, deseaba que mis padres estuviesen orgullosos de mí. Yo no les caía bien, no les gustaba como era, pero por lo menos nunca dejaron de pensar que soy una chica inteligente. Todo mi valor como persona se concentraba en la cantidad de sobresalientes que obtuviese al final del trimestre. Aunque por el medio fumase pitillos compulsivamente para controlar mi pánico hacia todas esas caras juiciosas. Más tarde hice Selectividad y comencé a vislumbrar la *huida*.

Pasó el verano y de pronto me vi en una habitación de una residencia de estudiantes con cinco o seis cajas sin deshacer. Mis padres no lo sabían, pero acababan de abandonarme para siempre. Lloré sin demasiado reparo, probablemente todos los demás estuviesen llorando en sus respectivas habitaciones. Aprendí lo que era la soledad y a menudo me tranquilizaba recreando en mi cabeza imágenes de mi pueblo, que es feo como él solo, pero por lo menos tiene mar. Esta ciudad endemoniada no tiene mar y está llena de estudiantes buscando como locos hacerse un hueco donde sea, como sea. Hice muchos amigos que no duraron más que un mes o dos. Estudiaban Filosofía, como yo. Fui a espectáculos de drag y a manifestaciones multitudinarias. Invité a hombres desconocidos a dormir en mi residencia.

Cenaba sola viendo series, muchas series. En la universidad todos andaban detrás de alguna ambición y cuando me preguntaban por la mía, a mí que no tenía ni idea de quién era, respondía que me gustaba mucho la filosofía política porque era lo que me habían enseñado en casa. Resonaba ese "en casa" en mi cabeza y no podía evitar esbozar una sonrisa irónica. Sólo hice una amiga de verdad en mi primer año de universidad y ni siquiera estudiaba lo mismo que yo. Con ella tuve mis primeras conversaciones sobre marxismo y sobre la democracia española.

Una vez tuve una bronquitis tremenda y tuve que llamar a mi abuela, que vivía a las afueras de la ciudad, para que viniese a buscarme a la residencia. Estuve tres días en su casa, cenando sopa caliente y leyendo el periódico por las mañanas. Mi abuela sabía perfectamente que yo no estaba allí para curar mis bronquios, pero no dijo nada.

Cada vez que volvía a casa me sentía como al final de *Lady Bird*. La protagonista se saca el carné de conducir justo antes de irse a la universidad. Entonces pasea el coche por su pueblo. El paisaje no parece el mismo: es más bello y joven. El mar está más resplandeciente, huele tan intenso. Mis vecinos sonríen muchísimo, están felices y me recuerdan que ellos han podido encontrarse aquí y que yo soy peor porque no podré hacerlo jamás.

Este mes se me encargó escribir el discurso de graduación. Ya estoy en cuarto de carrera y tengo un grupo de amigas a las que veo todos los días de la semana. Si pienso mucho tiempo en las relaciones que forjé durante estos cuatro años me emociono. Cuando estás en una ciudad extraña no tienes a tu familia para darte calor. Si te rompes una pierna, o tienes un ataque de ansiedad, o necesitas que te sujeten el pelo al vomitar, ese otro que viene y te ayuda es otro al que tú de algún modo has elegido. Y nos inventamos modos de ser y de cambiar el mundo en habitaciones interiores de pisos repletos de humedades en los que convivimos a duras penas. A veces nos sentimos muy solas y nos preguntamos qué pensarían nuestros padres de las personas en las que nos estamos convirtiendo.

Y hoy miro al frente y veo todas vuestras cabecitas, que me intimidan. Pienso en todas las miradas que alguna vez se han posado sobre mí... ¿me querrán? Si vosotros, mamá y papá, hablaseis con cualquiera de mis amigas o profesoras sobre mí... ¿estaríais acaso hablando de la misma persona? Pienso que he sido tantas al mismo tiempo que ya no queda nada de verdad en mí. Ahora todo parece un poco más complejo que un par de noches de estudio intenso. Empieza la vida. Y os miro y os atravieso y pienso en que pensaréis que yo no os voy a defraudar.

Decidisteis que soy la persona idónea para dar este discurso porque hay algo que os gusta de mí: cuando hablo, cuando escribo. Porque en nuestras clases a lo largo de estos cuatro años en algún momento pensasteis: anda, esta chica. Y yo salía y me iba a mi casa y me tumbaba en cama, solo tenía dos latas de atún en la despensa y muy pocas ganas de vivir. O estaba en un parque bebiendo litronas y hablando sobre Dios. Ese tiempo parece tan insignificante, pero en realidad enseña quien soy yo. Soy esos ratos, esas palabras titubeantes. Los descansos para fumar y aquella primera noche sola en la residencia. No este diploma ni un poema que escribí en segundo de carrera ni mi trabajo de final de grado.

Y lo único que espero desde bien dentro es poder amaros y que me améis *así*.

El día que me salté una clase

María de los Ángeles Contreras Ruiz

La vida no es una clase que se pueda omitir pulsando el botón con el que nos saltamos los anuncios de YouTube. Sin embargo, parece ser que cuando hay momentos que nos superan, ese botón aparece para permitirnos un momento de descanso entre tanto caos físico y mental. Yo misma solía pulsarlo casi todos los días en mi primer año de universidad. En Filología Inglesa, teníamos que estudiar una asignatura en un idioma diferente al inglés o al español. Elegí "Francés II" porque me resultaba tan fácil que podía saltarme una hora y media de las tres que teníamos seguidas los martes por la mañana. En la primera hora y media, escuchábamos y tomábamos nota de exposiciones que nuestros compañeros realizaban sobre cultura francesa y que entraban como contenido de examen; en la segunda, la profesora explicaba teoría interminable que yo ya conocía. En definitiva, eran tres horas de una maratón que no estaba dispuesta a correr.

Justo en la mitad de las tres horas infernales, la profesora hacía una pausa para ir a por su café mañanero, y yo aprovechaba esa salida para recoger mis cosas y salir corriendo del aula como alma que lleva el diablo. Necesitaba descansar después de estar sentada en las incómodas sillas del Aula XIV de Filosofía y Letras desde las ocho de la mañana y no quería torturar ni a mi cuerpo ni a mi mente de esa manera.

No me sugestionaba si mis compañeros o la misma profesora se daban cuenta de que no estaba en clase. Mi cabeza ya tenía demasiados muebles rotos dispuestos a hacerme daño como para añadir uno más. Mi padre, sin trabajo, obligándome a trabajar de algo que ni podía ni quería. Mi madre, con trabajo, manteniendo a una familia que no la podía mantener a ella. Mi hermano en una etapa preadolescente en la que quería evadirse del mundo. Yo era la que cada vez que escuchaba una discusión, me sentaba a leer en la cama de mi cuarto con los auriculares puestos a todo volumen para evadirme del mundo. Tristemente, las clases de francés me recordaban esos momentos de asfixia. Comenzaba prestando atención a la trascripción fonética de textos para luego dejarme ahogar por la espiral de pensamientos que no dejaba de girar. Había muchas voces en mi cabeza y ninguna me obligaba a hacer una pausa, así que salía yo para hacerla.

Mis movimientos eran mecánicos. Recogía mis libros y cuadernos. Me despedía de mis amigas. Dejaba pasar unos tres minutos desde que la profesora salía del aula y me iba. Bajaba por las escaleras del cuarto de baño donde se rumoreaba la aparición de una anciana en camisón blanco. Seguía el pasillo recto repleto de exposiciones de fotografía. Recuerdo que aquel día era de libros. Me impresionó una fotografía de una mujer de cabello negro a la altura de los hombros sentada en la repisa de una ventana mientras leía un libro, descalza con los pies ensangrentados. Después de pararme a observar las fotografías, giraba el pasillo a la derecha en dirección al Aula IX. Pasaba delante de las escaleras con peldaños diminutos, en los que ni mi pie de talla treinta y siete cogía, que llevaban a las oficinas de los profesores de Historia del Arte. Unas sobrecogedoras escaleras que, como luego aprendí, susurraban el idioma incomprensible del silencio, uno que latía como un corazón en abierto. Las miraba de refilón por inercia para luego olvidarlas al llegar a la salita del pasillo del Aula IX y de la oficina de Historia Contemporánea, sentándome en el banco solitario de madera justo al lado del radiador oxidado.

Colocaba mi mochila sobre el banco haciendo un golpe sordo que lo hacía retumbar, dando así indicios sutiles de mi crimen académico. Me sentaba intentándome acomodar sobre el duro banco. Sacaba mi pobre teléfono móvil, que había sobrevivido a miles de impactos y funcionaba como podía. Finalmente, leía como la mujer de la exposición de fotografía, sumergiéndome en la historia para poder escuchar los sonidos que transmitía, olvidándome por un segundo de la clase de francés que me estaba saltando, de las discusiones en casa y de mi diálogo negativo interno. Allí donde yo escuchaba voces destrozándome por dentro, el silencio de la Facultad hacía eco para ensordecerlas. Accedía a mi propio mundo interior navegando en un silencio ensordecedor pero acogedor.

No es que fuera un silencio absoluto. Siempre oía algún paso, alguna respiración o incluso voces hablar en las clases y por los pasillos. Al hacerlo, automáticamente separaba la vista del móvil para observar las escaleras enanas y estrechas, de donde daba la sensación de que venía un tifón de silencio. En esos momentos, recordaba la leyenda universitaria del fantasma de Filosofía y Letras que vivía en esas escaleras: Luisito. Casi siempre, me imaginaba a un hombrecillo sin cara y que no podía hablar observándome mientras hacía el inútil intento de llamar mi atención para atraerme a su mundo enigmático y sigiloso. Otras veces, lo imaginaba regañándome por saltarme la clase, quizás reencarnando a algún docente ya lejos de este mundo que hizo su trabajo de una muy buena manera, o simplemente era algún espíritu desconocido atado a algún banco de la Facultad esperando a ser liberado. Luisito podía ser ese espíritu atado al banco en el que yo estaba sentada leyendo, intentando conversar conmigo a través del silencio.

Una notificación del móvil me sacó del trance a las once. Era mi compañera avisándome de que la profesora me había llamado para transcribir fonéticamente una frase y yo había respondido con mi ausencia. En un momento más lúcido me hubiera aterrorizado porque, irónica e increíblemente, no me gustaba faltar a ninguna clase, pero, habiendo vivido esa experiencia del silencio, no me arrepentía de nada en absoluto. Él se había encargado de apagar las llamas bélicas de mi cabeza y silenciar los terremotos de mi corazón.

El murmullo y las pisadas de los compañeros de otras carreras iban subiendo su volumen por toda la Facultad. El silencio ensordecedor y envolvente se enmudeció poco a poco, como si hubiera querido aparecerse únicamente ante mí. Luisito parecía haber salido corriendo para que no lo vieran pululando por los pasillos. Las caras desconocidas y las conversaciones de futuros filólogos ingleses esperando a entrar en "Pronunciación del Inglés I" me arrancaron de cuajo del atractivo ambiente del silencio. Causándome un sobresalto, mi compañera levantó mi mochila, obligándome a entrar en clase.

Me atreví a echar un último vistazo a las escaleras, esa vez subiendo estudiantes por ellas. Todavía sentía la presencia abrumadora de quien estuviera ahí observándome mientras leía y conversaba con el silencio. Sentía esa mirada imperceptible a los ojos observándome sin tapujos, como si me regañara por haberme saltado la clase.

Ah, quizás no debería haberme saltado esa clase en aquel momento. Al fin y al cabo, siempre hay una historia en el tintero que tenemos que escribir para poder avanzar.

Lo que no sabía a los diecisiete

FIONA SAROLA LOZANO

El papel en la mesa, los ojos bajos, el ruido de los zapatos sobre el suelo. Nadie se gira, nadie mueve siquiera un músculo. El silencio es denso de sudor y respiración condensada —en él escarban los lápices, la compulsión de las gomas de borrar. Cuando finalmente salgo de clase me asalta la falta de realidad de mi propia vida. La inmovilidad ha calado hasta el metal de mis pulmones —mi mente desliza instantánea tras instantánea al ritmo de las palabras de otra persona. Estoy empapada de blanco. Todas las líneas son demasiado limpias, todas las superficies están demasiado bien definidas. Como un fotograma pulido hasta el aburrimiento, palidece y se deshoja antes de tiempo. Qué extraño es caminar y sentir que no son mis pies los que se mueven, que no es mi cuerpo el que presiona el aire plastificado. Me cruzo con alguien que no conozco y busco en sus ojos la confirmación del no ser. No la encuentro.

Es demasiado temprano. Dos horas para el tren de vuelta a casa. Me embalsama la luz del patio de la Facultad. No tengo más compañía que mi aliento. Una paloma se acerca y después se va —persigue la ausencia del cielo, el azul a medio sangrar. Nada me ata a ella. No tengo afecto ni desprecio por los otros cuerpos decolorados por el aire caliente. Estamos suspendidos como especímenes de museo —todas nuestras membranas prometen sobrevivirnos. El mediodía lo habitan solo los espectros de otros veranos, otras clases abandonadas al polvo y el silencio y el perfume dulzón del arrepentimiento. Flotamos —vacío y formol, desnudarse tembloroso de los minutos. Lejos quedan las horas y comidas con que he hinchado el tiempo. Burbuja de cristal, se eleva —espero a que reviente, a que sus astillas se entierren en mi piel. El sol es ligero y dulce como un viejo amigo de la familia. Se ríe, con tres copas de vino rosado encima, y explica anécdotas gastadas. Hoy lo quiero como se quiere a un abuelo a quien apenas conoces —uno que te trae rosas y sobre quien oyes historias que nunca llegarás a creer. Cierro los ojos. Ofrezco el pulso en mi cuello a los dientes de la radiación.

Lo más probable es que también haya suspendido este examen. Estoy demasiado cansada para que me importe. La piedra ardiente, el pesado viento, el sudor bajo mis rodillas —esto es real. El resto se desintegra poco a poco, como una rosa de arena o la pintura alrededor de las ventanas de una casa en ruinas. Estoy, en cualquier caso, vacía. Veo el futuro como una boca abierta. Si hubo un barco lo perdí sin darme cuenta —una mañana cualquiera, mientras contaba velas haciendo equilibrios en el horizonte. Sigo los pasos que otra persona ha dejado en la playa. Aparecen, desaparecen, los devora voraz la marea. Tres cursos cuelgan de mi tobillo —el último lo haré por inercia, sin contar los días ni las páginas de notas. Sé que debería dar las gracias. Las doy, cada mañana. El resto del día me pregunto en qué punto y aparte olvidé mi hilo de Ariadna. Es la historia de siempre: amar las letras y entregarte a las ciencias —venderte por dinero, por el pan de oro de un mejor trabajo. Qué banal parece todo ahora. El tiempo no me ha quitado las espinas, ni me ha perdonado las flores. Aún le pido a la vida que se cubra de vitrales —aún busco la saturación cromática de las historias. Quiero sentir lo que sentía. Los girasoles —las cien mil millas de costa. A veces escribo solo para recordarme que no supe desearlo suficiente. A veces para sublimar los días, para no deshilvanarme en olvidos. Esos días empeño mi alma. Pero aún, muy de vez en cuando, se besan la soledad y el verano. Entonces no hay más que entregarse —aquí, entre las moléculas, entre los nombres que ya se me olvidan, entre las runas llameantes de una mala decisión. Entregarse, sin medias tintas. Con desesperación. Con toda la sangre burbujeando entre los labios.

La ciencia de la lógica

ALUENDA SMEETON

Rodilla peluda, calcetín alto, bragas enroscadas, vaqueros bajados, botas sucias, coño peludo, abismo, mierda. Acuclillada sobre el váter, lees lo escrito en la pared. Dice: "ànims, la setmana que ve ja no t'enrecordaràs". Un escalofrío de cinismo te recorre el espinazo.

Vacía ya, mientras te lavas las manos, piensas en las chicas que traen rotuladores permanentes y tratan de escabullir su finitud o su aburrimiento garabateando versos o emblemas o caricaturas en las paredes del baño de la biblioteca. Las piensas con desdén y luego, enseguida, con ternura. Tú nunca has hecho tal cosa, pero hubo un tiempo donde podrías haber sido una de ellas. ¿Qué habrías escrito? "Prodigio, mis manos florecen", habrías escrito: "rosas, rosas, rosas a mis dedos crecen".

Nostálgica, regresas a tu mesa y te cuesta concentrarte. Ante ti se ha sentado una forma apatatada que destaca entre las siluetas esbeltas de los otros estudiantes. Lee *La ciencia de la lógica* con detenimiento y sin prisas. Cada tantas páginas, coloca un marcapáginas, cierra el rígido mamotreto y llena un folio en blanco de una letra voluptuosa, densa e incomprensible. Luego vuelve a Hegel. De cada gesto de su actividad se desprende su esencia misma. Eres incapaz de imaginarle haciendo cualquier otra cosa. Da la sensación de que lleva aquí mucho tiempo, de que estuviese antes de que fueses al baño y, sencillamente, no hubieras reparado en él. Cuanto más le miras, más plausible te parece esa posibilidad.

Sobre la nariz de patata, sobre las gafas gruesas, unas profundas arrugas le dividen la gran frente en cuadraditos perfectos. La cabeza calva, en cambio, es lisa y tirante. Te entretienes un rato buscando el punto exacto en que acaba la frente y cesan las arrugas para dar paso a la piel estirada y manchada que le recubre el cráneo, como cesan las olas para dar paso a la planicie de arena. Después de vagar por la orografía de su carne, decides que te sentarás cada día a su vera. Crees que esto resultará en algún tipo de complicidad con él.

Hay un extraño sosiego en el estilo de vida que le intuyes, un ascetismo. Forma parte del pequeño grupo de lectores perpetuos de la biblioteca de la Facultad. Otros miembros del club son un doctorando de pelo largo y ralo, que solo interrumpe su lectura de Arendt cada dos horas para salir a fumarse un porro; y un compañero tuyo que anota en un cuadernito cada autor fugazmente mencionado en clase y parece tener la misión de leerlos a todos. Admiras su compromiso y quietud, a ti también te gustaría entregarte así al estudio de alguna materia densa y obsoleta, enfrascarte en una misión polvorienta, convertirte poco a poco en parte del mobiliario de la biblioteca, pero te faltan la disciplina y la obsesión. Una vez tuviste un novio que se olvidaba de comer en arrebatos artísticos. Tú sabes que nunca te interesará nada lo suficiente para descuidar así la inmediatez. Consecuentemente, sabes que nunca serás una persona lo suficientemente interesante. También sabes que no volverás a tener un novio artista.

A tu lado pasa un chico muy grande, enfundado en un abrigo acolchado, que sostiene entre los dedos un diminuto vaso de cartón. Anda con tiento, para que el café no se derrame, y mantiene los ojos fijos en la vibrante superficie del líquido. Su concentración es la de un gigante tonto, que ha apresado un niño por casualidad y lo mira orgulloso mientras se le hace la boca agua. Tu novio artista también miraba las cosas con detenimiento, como si tratara de sonsacarles algo, y a ti.

Ya son las diez y cuarenta y ocho, y tus esfuerzos por concentrarte en la lectura ya no tienen sentido, porque incluso si resultasen satisfactorios, enseguida se verían interrumpidos por la hora de ir a clase. Ya es tarde para leer, pero aún es pronto para subir al aula. Tampoco puedes seguir mirando al viejo de la frente cuadriculada, porque en cualquier momento levantará los ojos del libro a preguntarte si necesitas algo; ni puedes seguir pensando en un antiguo novio, porque temes que se te note en la mirada. La indecisión te escinde, te lleva a un limbo, abre una antropófaga eternidad a la que no te ves con los ánimos de enfrentarte. Miras el castaño tras la ventana. Hacía mucho tiempo que no te fijabas en él. Ya no le quedan hojas sobre las ramas. Yacen todas en el suelo alrededor de su base, ocres y crujientes, rizadas sobre sí mismas, en un mar convulso y quieto. Han caído poco a poco, cada una de ellas con la solemnidad de las primeras veces y las últimas. Pero, porque no lo has presenciado, pareciera que han caído todas de golpe, como el camisón de seda llovido a los pies de una mujer desnudada ante los ojos de su amante.

Ahora vas tarde y, además, tienes que pasar por el baño a rellenar de agua el termo que has vaciado de té. Y ya que vas al baño, aprovecharás para mear, porque después no podrás durante las dos horas de clase, entre las que la López no acostumbra a hacer una pausa, reflexionas mientras entras en el ascensor. Y una voz interna continúa: "prodigio, mis manos florecen, rosas, rosas, rosas a mis dedos crecen".